文學與生命的交響樂章

的

閱讀書寫課程教材編寫團隊 主編

目次

序一
大學國文課程閱讀書寫計畫

　　在過去一年的時光中，幾次與學校同事們一同參與計畫辦公室所舉辦，以「生命教育」爲主題的教師社群研習營，在聆聽講者分享自己的生命歷程時，心靈幾番與之激盪，這股心靈的波動總在研習結束後，如同漣漪一般迴旋，延展至今。

　　生命的故事總是吸引人的，何況生命的歷程若充滿曲折與驚奇者，更是如此。個人投身文學教育多年，深覺在閱讀文學作品的同時，其實也正在閱讀作家的生活體驗與對生命歷程的感悟。而生命教育即是激發學生對於自我心靈的覺醒，藉由閱讀作家自我生命歷程的書寫，去觀照自我，進而改善周遭與人與物的互動關係，以提昇自我生命的內涵與展現生命關懷。

　　在二零一三年七月，明道大學通過教育部補助「全校性閱讀書寫課程推動與革新計畫」——「B類中文語文教養教師群組課程」計畫，此計畫以「生命教育」爲核心，設計將「生命教育」的理念融入大學國文課程之中。上學期的主題爲「生命列車」，主要目的在於啓迪學生對自我生命的覺察，分爲五大教學單元進行，依序爲「家庭同心圓」、「友情心電圖」、「緣來就是你」、「養生深呼吸」、「生命向前走」，從親情、友情、愛情、健康以及臨終等相關課程，探索自我的生命意義；下學期的主題爲「生命風景」，主要目的在於激發學生對生命的關懷，分爲五大教學單元進行，依序爲：「我思故我在」、「病痛拉警報」、「男女悶很大」、「溫暖關懷心」、「環保

最樂活」，從個人成長史、疾病、性別平等、關懷弱勢、生態環保等
相關課程，教育學生以同理心關懷生命族群。此外，藉由學生多元習
作方式表達對自我生命的反省與書寫，進而達到生命教育的目的。

　　此閱讀書寫計畫之推動，首先要感謝本校陳世雄校長、林佑祥副
校長、何偉友教務長、蕭雅柏主任、陳蓬桐秘書，本著關懷大一國
文教學革新的精神，對於本計畫的支持與執行上的協助。此外，尤其
特別要感謝羅文玲所長以及詩人蕭水順教授（蕭蕭）在課程規劃上的
指導。最後，要感謝一群對大學國文充滿專業熱誠的教學團隊，全心
全力投入教材的編纂與教學資源的開發，使得「生命教育」的核心理
念，得以融入大一國文而順利實施。

　　何其榮幸，在當今大學殿堂，能透過此計畫的執行，師生一同在
生命課題的互動中，彼此學習、分享對於生命的關愛與感動，相信愛
如一炬之火，能照亮你我的內心，藉由教育傳達溫暖的關懷。

計畫主持人　陳鍾琇
序於明道大學開悟大樓研究室
二〇一三年八月二十三日

序二
如何讀懂這曲交響樂的琴譜

　　本書專爲大一國文課程而設計，主要在加強大學生的閱讀書寫能力，以作爲學生學習的軟實力。大一國文爲了因應不同科系學生選修的條件，以「生命教育」爲最大公因數，特別針對「生老病死」相關議題進行文學選篇與討論，與過去文學本位的教學法不同，而採以互動式、對話溝通爲課堂經營模式，希望學生可以在學習過程中敞開心胸、分享生命，達到教學相長、生命交會的光亮，也是本書《文學與生命的交響樂章》命名的由來！

　　爲了在教學上產生交響、共鳴，書中的每一選篇各有「奏鳴曲」、「主旋律」、「協奏曲」、「迴旋曲」、「插畫」等五種元素。

　　◎「奏鳴曲」爲文章本文，穿插加上段落賞析與局部注釋，在本文中穿插「間奏」交替循環，宛如一首奏鳴曲。

　　◎「主旋律」爲作者簡介，加上全篇選文的整體賞析。了解作者的創作生涯與寫作特色，便是掌握了該篇樂章的主旋律。

　　◎「協奏曲」爲閱讀完本文延伸出來的學習活動，設計適合課堂教學使用的學習單，讓學生的回饋加入樂章的演奏，因而命爲「協奏曲」。

　　◎「迴旋曲」爲延伸閱讀的推薦書單，至少五種，不限於書面文字，也包含影視文學，讓學生在課餘有自學對象，將學習無限延伸，有如「迴旋曲」一般。

　　◎「插畫」挑選與選文相應的圖畫作品，由各篇撰文老師自由搭配，呈現多元風格的拼貼，收到圖文並茂、交響共鳴的效果。

　　此外，針對教材規劃中，對於課堂上學習單的習作，還另外設計了一本「筆記書」，提供給每位學生將整本教材的習作、整個學期的成品集結成一本專屬的手工書，並搭配成果展公開展出。

　　閱讀書寫計畫的授課老師們、教學助理（TA）們已經準備好了，要跟大一新鮮人來一場文學與生命的交會！同學，你準備好了嗎？準備迎接全新的、體驗式的國文教學吧！

計畫協同主持人　王惠鈴
謹筆於明道大學中文系
二〇一三年八月二十五日

生命列車 一部曲

「家庭同心圓」

你有多久沒跟家人好好說說話？吃一頓飯了？
你想念過去美好的一切嗎？

本單元探討親子與溝通的議題，透過作品對於
親情的體認，著重引導同學探索親情中最難以
跨越的溝通問題，接受父母長輩的愛與關懷之
表達模式。所選的篇章有：

陶淵明〈責子詩〉，從傳統父母「望子成龍、
望女成鳳」的期盼，由於「愛之深，責之切」
的緣故，孩子在父母眼中永遠長不大，有著
「恨鐵不成鋼」的共同感嘆。

安德烈〈二十一歲的世界觀〉，從新世代孩子
的角度，解構傳統父母「望子成龍、望女成
鳳」的期盼，可看到孩子想要做自己、為自己
而活的獨立觀。

一部曲「家庭同心圓」選篇一：
陶淵明〈責子詩〉

▌▌奏鳴曲▌ •:⸺⸺⸺⸺⸺⸺⸺⸺⸺⸺⸺⸺

　　白髮被兩鬢，肌膚不復實。雖有五男兒[1]，總不好紙筆。

•間奏1•

陶淵明一開始形容自己兩鬢斑白、逐漸年老。雖然有五個兒子，然而卻都不喜歡讀書寫文章。可見，陶淵明對於兒子多少還是懷抱著希望，期待兒子能像自己一樣喜愛文學。

　　阿舒已二八[2]，懶惰故無匹[3]。阿宣行志學[4]，而不愛文術[5]。
　　雍端年十三，不識六與七。通子垂九齡，但覓梨與栗。

1　陶淵明有五位兒子，分別是陶儼（阿舒）、陶俟（阿宣）、陶份（雍）、陶佚（端）、陶佟（通）。舒、宣、雍、端、通都是小名。陶份與陶佚是孿生子（雙胞胎）。見龔斌《陶淵明集校箋》，（上海：上海古籍出版社，1999年）頁262-263。
2　二八：即十六歲。
3　無匹：無人可比。
4　志學：指十五歲。
5　文術：文章學術。

・間奏*2*・

在陶淵明的眼中，自己的五個孩子都有一些缺點。老大阿舒懶惰
無人可比；老二阿宣十五歲不愛讀書；同年的老三阿雍與老四阿
端已經十三歲，卻不知六與七之數（六加七等於十三）；老五阿
通九歲只會要梨子與栗子吃。

　　天運苟如此，且進杯中物。

・間奏*3*・

陶淵明感慨「望子成龍，望女成鳳」的希望落空，天命若如此，
就只得藉酒澆愁。尤其陶淵明對長子寄望深厚，曾在〈命子詩〉
寫道：「名汝曰儼，字汝求思。溫恭朝夕，念茲在茲。」，從長
子出生後，為子命名即寄予厚望，然而長子到了十六歲卻懶惰不
好詩文。綜觀整首詩充滿「虎父偏偏有犬子」的無奈與感慨。

——本詩選自龔斌：《陶淵明集校箋》（上海：上海古籍出版社，1999）。

▌|主旋律| ⋯●─────

　　陶淵明（潛）（369~427），是中國東晉到南朝劉宋之間的人物。他的家鄉在中國尋陽柴桑（現今江西九江縣）。他的曾祖父陶侃是東晉的大臣，曾封爲長沙郡公；祖父陶茂曾擔任武昌太守。大約到了父親這一代，家道中落，因此陶淵明自小家庭貧困，然而家中雖然貧困，陶淵明仍受儒家教育薰陶以及當時魏晉玄學崇尙自然的哲學思想影響，他的人格與個性，甚至文學風格都能見到儒家與道家思想交融的特質與韻味。

　　陶淵明曾在〈歸去來兮辭〉與〈與子儼等疏〉的作品中，說明他是爲了「家貧」而出仕任官，曾擔任彭澤令。然而出仕任官的熱情並沒有持續很久，由於意識到當時魏晉政局的詭譎險惡，懷抱著儒家匡正時局的壯志已無法實踐，反而會因此遭致殺身之禍；再者，由於自己本性的自然純眞也與虛僞的世代格格不入，所以便選擇回歸田園，以耕讀爲樂。

　　本篇〈責子詩〉表面上看來，陶淵明似乎對自己的兒子不愛詩文、懶惰、愚笨等狀況頗爲無奈與失望，但是歷史上有些後代文人對於陶淵明〈責子詩〉抱持不同的觀感，如：杜甫〈遣興〉五首之三：「陶潛避俗翁，未必能達道。有子賢與愚，何必掛懷抱。」；蘇軾〈和頓教授見寄，用除夜韻〉：「我笑陶淵明，種秫二頃半。婦言既不用，還有責子嘆。」杜甫與蘇軾調侃陶淵明，自己當父親的都未能通達顯赫，何必對孩子做過多的要求呢？況且蘇東坡也自我反省：「人皆養兒望聰明，我被聰明誤一生。」，因此現代父母也不必對孩子過於苛求。而黃庭堅在〈書淵明責子詩後〉也說：「觀淵明之詩，想見其人豈弟慈祥，戲謔可觀也。」認爲陶淵明責子不材以戲謔心態

居多，對於孩子還是充滿慈祥與憐愛。而不論陶淵明對孩子是否無奈或是戲謔，在詩中還是希望孩子能勤快、聰慧、愛詩文，流露出父親對孩子一絲絲的期待。

▋協奏曲 ┃·━━━━━━━━━━━━━━━

　　每個人的生命都是獨特的，個性也往往不同。與人交往應對的過程中，我們的個性往往也展露而出，別人眼中的自己實際上就是個性優缺點的展現。自小到大，我們在父母（或者爺爺奶奶）的教養下成長，我們在父母的眼中，到底是個什麼樣的孩子呢？每個人都喜歡被人讚揚優點，卻很難欣然地接受別人眼中有缺點的自己，甚至是覺得別人對自己有誤解。

　　由於大部分傳統觀念深厚的父母對孩子的優點總吝於褒揚，卻對孩子的缺點指責歷歷，也造成親子關係的緊張與誤解。因此，本單元所要進行課堂習作，請同學自我反思，在父母眼中的自己的缺點有哪些？若真有這些缺點，你要如何改正？若無，你會向父母表白什麼？

陶淵明「恨鐵不成鋼」的喟嘆
（圖：謝穎怡）

【想對父母說】學習單

【步驟一】	請將自己在父母眼中的缺點逐一反省寫下來。
回想一下自己的成長過程，自己在父母親的眼中有哪些缺點？	
【步驟二】	請將自己想對父母說的話寫下來。
你認同自己在父母眼中有這些缺點嗎？ 1. 若有，你要如何改正？ 2. 若無，你會向父母表白什麼？	

▌|迴旋曲|

1. 巴拉克‧歐巴馬：〈我們一家的大冒險〉，選自《聯合報》（2009.01.16）。
2. 向陽：〈阿爹的飯包〉，《土地的歌：向陽臺語詩選》（臺南：金安機構，2002）（向陽詩房朗誦影音（http：//hylim.myweb.hinet.net/xiangyang/earth1-3.htm）。
3. 廖玉蕙：〈心疼〉，《不信溫柔喚不回》（臺北：九歌出版社，1994）。
4. 黃春明：〈兒子的大玩偶〉（臺北：聯合文學出版社，2009）。
5. 侯孝賢（導演）：〈兒子的大玩偶〉（臺北：中央電影公司，1983電影）。
6. 麥克阿瑟：〈為子祈禱文〉，《溫情的擁抱》（臺北：幼獅文化出版社，2009）。

（陳鍾琇選編）

芽葉生命的初始與繁華（圖：陳鍾琇攝）

一部曲「家庭同心圓」選篇二：

安德烈〈二十一歲的世界觀〉
（節選賞析）

▌奏鳴曲▐ ❖━━━━━━

　　安德烈為龍應台的長子，身為名人之後，又是中、德混血兒，先天、後天方面皆存在著不小的代溝，親子之間展開一場思辨式、互相專訪式的對話。當時54歲的母親龍應台對快滿21歲的孩子安德烈說：「實在無法理解很快就要滿二十一歲的你，腦子裡想些什麼？眼睛看出去看見些什麼？」親子之間不僅對事情的看法不一樣，連「問問題」本身的出發點都不同，例如「男女平等」的問題，母親問孩子：「譬如結婚以後，誰帶孩子？誰做家務？誰煮飯？」原本出自於善意提醒，但孩子有著另一種思維，「這樣的問題在我眼裡是有點好笑的。當然是，誰比較有時間誰就煮飯，誰比較有時間誰就做家務，誰比較有時間誰就帶孩子。完全看兩個人所選擇的工作性質，和性別沒有關係。你的問法本身就有一種性別假設，這是一個落伍的性別假設。我知道，因為『男女平等』的問題對於你，或者你所說的中文讀者，還是一個問題，但是對於我或者我的朋友們，不是討論的議題了。」展開了一場親子之間又期待又怕受傷害的精彩激辯。

•間奏 *1*•

安德烈回應母親對他專訪的諸多問題，一開始就覺得母親所設想
的第一個問題就不是問題，並認為母親提問的問題觀念落伍。以
下由母親所擬定的六個問題（孩子還願意回答的），整理成表格
呈現其精華。

第一題	
母親的題目	你最尊敬的世界人物是誰？為何尊敬他？
孩子的回答	◎書裡頭的人物，就包括耶穌、穆罕默德、愛因斯坦、馬丁路德·金[1]、巴哈、莎士比亞、蘇格拉底、孔子等等等。朋友和我就開始辯論，這些人物的歷史定位，有多少可信度？ ◎我如果回答你一個名字或者一組名字，那麼我就犯了這個「評比」的謬誤，因為不同歷史和不同環境下的影響是不能評比的，而且，天知道世界歷史上有多少值得尊敬的人──我根本不知道他們的存在。 ◎好，我覺得「披頭四」[2]很了不起，但是你馬上可以反駁：沒有巴哈，就沒有披頭四！

1　馬丁路德·金：（Martin Luther King, Jr.，1929年－1968年），二十世紀著名的美國民權運動領袖，同時也是位牧師。因採用非暴力推動美國的民權進步，而被世人所矚目，因此獲得1964年諾貝爾和平獎。

2　披頭四：（The Beatles，來自於英國利物浦搖滾樂團，1960～1970），成員為約翰·藍儂（主音、節奏吉他手、作詞作曲）、保羅·麥卡尼（主音、貝斯手、作詞作曲）、喬治·哈里森（主音吉他手）及林哥·史達（鼓手）。他們所製作與演唱的單曲有二十首成為經典歌曲，後來翻唱歌曲眾多，深具影響力，在西洋流行音樂史上有著崇高地位。

	◎假如你對我的答覆不滿意，一定要我說出一兩個名字，那我只好說，我真「尊敬」我的爸爸媽媽，因為他們要忍受我這樣的兒子。

第二題	
母親的題目	你自認為是一個「自由派」、「保守派」，還是一個「什麼都無所謂」的公民？
孩子的回答	◎我自認是個「自由派」。但是，這些政治標籤和光譜3，都是相對的吧。 ◎很多人投票給某一個政黨，只是因為他們習慣性地投那個黨，有了「黨性」。我投票則是看每一個議題每一個政黨所持的態度和它提出的政策。所以每一次投票，我的選擇是會變的。 ◎你可以說我是自由、保守、甚至於社會主義者，也可以批評我說，我善變，但是，我絕不是一個「什麼都無所謂」的人。生活在一個民主體制裡，「參與」和「關心」應該是公民基本態度吧。

3　政治光譜：political spectrum。度量個人政治立場傾向（即不同意識形態）的一種工具。

第三題	
母親的題目	你是否經驗過什麼叫「背叛」？如果有，什麼時候？
孩子的回答	◎從小我就在一個彼此信賴、彼此依靠的好友群裡長大。這可能和我成長的社會環境、階級都有關係，這些孩子基本上都是那種坦誠開放、信賴別人的人。 ◎我從來不曾被朋友「背叛」過。 ◎如果我經驗了「背叛」，我會怎樣面對？我會反擊、報復，還是傷了心就算了？假定我有個女友而她「背叛」了我，我會怎樣？不知道啊。可能還是原諒了、忘記了、算了？

第四題	
母親的題目	你將來想做什麼？
孩子的回答	十、成爲 GQ 雜誌的特約作者 九、專業足球員 八、國際級時裝男模 七、電影演員 六、流浪漢 五、你的兒子 四、蝙蝠俠 三、007 二、牛仔 一、太空牛仔

第五題	
母親的題目	你最同情什麼？
孩子的回答	◎無法表達自己的人——不論是由於貧窮，或是由於不自由，或者單單因為自己心靈的封閉，而無法表達自己的人，我最同情。 ◎這個世界有那麼多的邪惡，多到你簡直就不知道誰最值得你同情。 ◎對他們我有很深的同情，可是，我又同時必須馬上招認：太多的邪惡和太多的災難，使我麻痺。發現自己麻痺的同時，我又有罪惡感。 ◎我就是把電視給關了的那種人。在這麼多邪惡、這麼多痛苦的世界裡，還能保持同情的純度，那可是一種天分呢。

第六題	
母親的題目	你。最近一次真正傷心的哭，是什麼時候？
孩子的回答	從來沒哭過。長大的男孩不哭。

間奏 *2*

以上六個問題是母親列出來的一大串問題清單中，孩子略感興趣所做的回答。孩子接著也擬了一份問題清單，共有八題反問母親，母親的回答見於〈第二十八封信給河馬刷牙〉，亦整理成表格呈現其精華。

第一題	
孩子的題目	你怎麼面對自己的「老」？我是說，做爲一個有名的作家，漸漸接近六十歲——你不可能不想：人生的前面還有什麼？
母親的回答	◎沒有直接回答。 ◎但看得出來，龍應台的老年世界最關注的是安德烈「將來想做什麼」。 ◎我記得我們那晚在陽臺上的談話。那是多麼美麗的一個夜晚，安德烈。多年以後，在我已經很老的時候，如果記憶還沒有徹底離開我，我會記得這樣的夜晚。

第二題	
孩子的題目	你是個經常在鎂光燈下的人。死了以後，你會希望人們怎麼記得你呢？尤其是被下列人怎麼記得：1.你的讀者、2.你的國人、3.我。
母親的回答	◎第1、2小題沒有回答。 ◎第3小題間接回答：「『平庸』是跟別人比，心靈的安適是跟自己比。我們最終極的負責對象，安德烈，千山萬水走到最後，還是『自己』二字。因此，你當然更沒有理由去跟你的上一代比，或者爲了符合上一代對你的想像而活。

第三題	
孩子的題目	人生裡最讓你懊惱、後悔的一件事是什麼？哪一件事，或者決定，你但願能重頭來起？
母親的回答	◎沒有直接回答。 ◎安德烈，青年成長是件不容易的事，大家都知道；但是要抱著你、奶著你、護著你長大的母親學會「放手」，把你當某個程度的「別人」，可也他媽的不容易啊。

第四題	
孩子的題目	最近一次，你恨不得可以狠狠揍我一頓的，是什麼時候什麼事情？
母親的回答	◎你很不屑於回答我這個問題：「你將來想做什麼」，所以跟我胡謅一通。 ◎我不喜歡人家抽菸，因為我不喜歡煙的氣味。我更不喜歡我的兒子抽菸，因為抽菸可能給他帶來致命的肺癌。 ◎抽菸不抽菸，你也得對自己解釋吧。

第五題	
孩子的題目	你怎麼應付人們對你的期許？人們總是期待你說出來的話，寫出來的東西，一定是獨特見解，有「智慧」有「意義」的。可是，也許你心裡覺得「老天爺我傻啊——我也不知道啊」或者你其實很想淘氣胡鬧一通。基本上，我想知道：你怎麼面對人家總是期待你有思想、有智慧這個現實？
母親的回答	◎像我們這一代人年輕時一樣，講究勤勤懇懇，如履薄冰。 ◎兩腳站在狹窄的泥土上，眼睛卻望向開闊的天空，覺得未來天大地大，什麼都可能。

第六題	
孩子的題目	這世界你最尊敬誰？給一個沒名的，一個有名的。
母親的回答	沒有回答。

第七題	
孩子的題目	如果你能搭「時間穿梭器」到另一個時間裡去，你想去哪裡？未來，還是過去？為什麼？
母親的回答	◎沒有直接回答。 ◎從內容看來，龍應台最想到未來去，看到安德烈從事什麼工作。

第八題	
孩子的題目	你恐懼什麼？
母親的回答	◎龍應台恐懼安德烈迴避了解社會現實，無法面對現實壓力，成為自殺高危險群。 ◎也害怕安德烈成為提摩（尼特族），找不到生活的意義。 ◎害怕安德烈找不到一份給他快樂的工作，無法選擇有意義、有時間的工作，而只好被迫謀生。

•間奏 3•

以上八個問題是孩子反問母親的提問，可看到孩子用直白坦承、帶著善意的態度，與母親進行溝通，而非攻擊式的問話，只有在對等的平臺上，較能開啓親子之間心靈的枷鎖。然而在東方傳統孝道的觀念下，要讓母親視孩子為相同平等地位，何其困難！

——本文選自安德烈/龍應台：《親愛的安德烈：兩代共讀的36封家書》（臺北：天下雜誌出版社，2007）。

研究室窗臺的野地小玫瑰盆摘，隨著花期的開落，展現不同的生命情調，也見證生命的輪轉與永恆。（圖：陳鍾琇攝）

▌|主旋律| ∙

　　安德烈‧華特（1985~）是知名作家龍應台的長子，1985年12月
生於臺灣，安德烈八個月大時，龍應台全家移居瑞士與德國，安德
烈在2006年就讀香港大學經濟學系。父親華特（Dr. Walter）精通德
語、英語，在德國享有盛名，是金融界頂尖人物之一。

　　安德烈的母親與父親分別來自世界東西兩方不同文化的國度，由
於安德烈在歐洲獨立思想的文化環境中成長，接受德國的教育、環境
與文化的薰陶，因此對他的人格與價值觀產生重大的影響。於是，他
的思想與價值觀經常和母親東方文化的思想觀念產生衝擊，母親龍應
台更對於兒子的想法充滿不解與陌生。由於機緣使然，母子兩人在天
下雜誌展開三年36封信的來往溝通，龍應台藉由與安德烈信件往返，
重新認識自己的21歲兒子。

　　本篇文章即是來往信件的第27封信，一開始是安德烈回應母親所
提的問題，在安德烈回應的答案中，我們看到一位具有獨立思想與價
值觀前衛的青年和母親迥然不同的思考觀點；甚至最後以8個問題反
問母親，當下最應該面對的人生問題要如何以對？在關心孩子的同
時，最重要的，是否也該想想自己必須面對的人生問題？安德烈所拋
出的反問，足令現代為人父母者省思。

　　在多元的文化社會裡，思想與價值觀逐漸打破單一的侷限。親子
兩代之間若無法以包容與關懷去接受彼此的觀念與價值，往往容易形
成「代溝」。父母放手讓孩子成長；孩子關懷父母的身心與想法，彼
此建構良性的溝通平臺，才有健康幸福的親情關係，這是龍應台與安
德烈往返的家書給予我們的啟發。

▌協奏曲 ▌ ❖━━━━━━━━━━━━━━━━━━━━━━

　　回想自己上大學之前，是否曾經歷父母對於自己未來想就讀的科系或者學校表達出他們的期望？當父母的期望與自己的想法落差甚大時，你會選擇順從父母？認為父母的建議總是為我好；或者，你仍會堅持自己的興趣去選擇自己想要就讀的科系？網路上曾流行一篇短文「不要再說我讀那個會吃不飽，我又不像你們那們餓。」衝突點在於父母的期望與孩子的志願不同時，父母高壓的態度，使得孩子產生抗拒的心態所發出的聲音。

　　自己試著回想，這些對話是否曾經聽過或者經歷過～「媽，我想讀文學系。」「讀那個出來要做啥？」；「我們家三代都是醫生，你一定要給我讀醫學系。」；「什麼！放著好好的電機系不讀，想轉唸電影？」若是當下自己是當事人，一定會覺得失落與無奈，認為父母不了解自己。

　　因此，本單元課堂分組討論：「請聽我說」，即針對討論主題：「不要再說我讀那個吃不飽，我又不像你們那麼餓。」分別以父母立場與孩子立場進行討論。

分組討論【請聽我說】學習單

【討論主題】

「不要再說我讀那個吃不飽，我又不像你們那麼餓。」

【討論方式】

1. 全班分成8組，一組5人。（2人代表孩子的立場，另外2人則代表父母的立場，一位組員當總結報告者）

2. 討論的議題：

　(1)父母認為孩子「讀那個會吃不飽」的原因有哪些？

　(2)孩子選擇自己喜歡的學系，「自我感覺良好」的原因有哪些？

　(3)在多元的社會生存，可能面臨「讀哪個系都有可能吃不飽」的社會競爭壓力。你認為年輕人要具備什麼樣的觀念與態度才能在社會生存。

　（師生共同討論）

3. 每組派一位代表上臺報告。

【父母立場】

(1)

(2)

(3)

【孩子立場】

(1)

(2)

(3)

【總結】

▌迴旋曲▐ ∘⋆

1. 廖玉蕙：〈陪你一起找羅馬〉，原載《中國時報‧人間副刊》（2005.1.30）。
2. 陳芳明：〈霧是我的女兒〉，《時間長巷》（臺北：聯合文學，2008）。
3. 龍應台：〈給荷馬刷牙〉，《親愛的安德烈：兩代共讀的36封家書》（臺北：天下雜誌出版社，2007）。
4. 傅雷：《傅雷家書》（臺北：聯經出版社，1990）。
5. 張毅（導演）：《我兒漢生》（臺北：中央電影公司，1986電影）。

（陳鍾琇選編）

蝸牛孩子始終追隨著蝸牛媽媽的足跡，到處旅行。（圖：潘俊志）

「友情心電圖」

人海茫茫，過客匆匆，知音可遇不可求，即使受傷，仍要尋尋覓覓!

每個人從小除了家人，隨著年齡增長，逐漸遇到同儕，開拓不同的視野，但也因此延伸出聚散離合的課題，期許同學從中培養生命之思維深度。所選的篇章有：

列子〈伯牙撫琴〉，知音是另一個自己，欣賞他的美好、解讀他的心事，竟是如此自然而然之事，沒有半點勉強之意，有這樣的友情，人生夫復何求？

余秋雨〈清理友情〉，這是個喧鬧而寂寞的年代，儘管身邊充斥形形色色的朋友，但朋友帶來的創傷使得自己更為孤獨寂寞了，要如何釋懷療癒呢？

二部曲「友情心電圖」選篇一：
列子〈伯牙撫琴〉

▌奏鳴曲▐ ◦•───────────

伯牙善鼓琴，鍾子期善聽。

•間奏**1**•

伯牙，姓伯，名牙，春秋時代楚國郢都（今湖北荊州）人，明末馮夢龍作「俞伯牙」為口音訛誤。伯牙雖為楚人，卻擔任晉國上大夫，為當時知名的七弦琴琴師，但曲高和寡。此為民間口頭流傳的故事，發生在他在回楚國探親途中。鍾子期，名徽，字子期，春秋楚國（今湖北武漢漢陽）人。相傳他是戴斗笠、披蓑衣、拿板斧的樵夫，其墓址位於今湖北省武漢市蔡甸區新農鎮馬鞍山南鳳凰嘴上。

伯牙鼓琴，志在登高山，鍾子期曰：「善哉！峨峨兮，若泰山。」志在流水，鍾子期曰：「善哉！洋洋兮，若江河。」伯牙所念，鍾子期必得之。

·間奏 2·

此為成語「高山流水」、「流水高山」的由來，原指樂曲的高妙，後比喻知音難遇。素不相識、身分地位相差懸的兩個人，因為音樂的交流而靈魂相遇，伯牙音樂造詣精深，但曲高和寡，然而當他用琴音表達攀登高山、浩蕩流水時，初次相遇的鍾子期卻能立刻感應，完全命中，彷彿是另一個伯牙的心靈頻率。

伯牙游於泰山之陰，卒逢暴雨，止於巖下，心悲，乃援琴而鼓之，初為霖雨之操，更造崩山之音。曲每奏，鍾子期輒窮其趣。

·間奏 3·

後來伯牙與鍾子期成為不在乎身分地位的好朋友，相約出遊，在泰山北麓遇到突如其來的暴雨，兩人在山壁下躲雨。也許是上天的安排，刻意再次考驗這對朋友，以確認彼此的獨特性。伯牙心有所感，演奏了大雨連綿、山崩裂石的曲子，想不到鍾子期完全懂他，精確猜中他的曲情。這已經不是偶然，而是兩個相同頻率的心跳一起遇合、千真萬確的事實。

伯牙乃舍琴而嘆曰：「善哉！善哉！子之聽夫。志想象猶吾心也。吾於何逃聲哉？」

•間奏4•

伯牙對於鍾子期真的懂他這件事毫無疑惑，再也不需彼此保留、掩飾，伯牙對鍾子期說：「你心裡所想的，就是我心裡所想的，在樂音中，真正的我們是無從遁逃的。」人生能真的遇到懂自己的人實在是奇蹟！有時相遇，卻不知把握、擦身而過，有時終其一生不曾來到身邊、尋尋覓覓，難怪伯牙在鍾子期過世後，摔琴絕弦以謝知音。

──本文選自《列子·湯問》，蕭登福：《列子古注今譯》（臺北：文津出版社，1990）。

▌|主旋律| •:⃛

　　列子，姓列，名禦寇，戰國時期鄭國莆田（今河南省鄭州市）人，年代晚於孔子，早於莊子，約與鄭繆公同時，爲原始道家代表人物之一，在道教被封爲「沖虛眞人」。列子隱居鄭國40年，其思想本於老子自然無爲之道，循名責實，清靜沖虛，今存《列子》8篇，其中共記載134則寓言故事、神話傳說，例如〈黃帝神遊〉、〈愚公移山〉、〈夸父追日〉、〈杞人憂天〉……等，足以與古希臘的《伊索寓言》相媲美，其書在道教中又名《沖虛經》，由東晉人張湛輯錄增補而成。列子生平事蹟不詳，但莊子曾在〈逍遙遊〉中說道「列子御風而行」一事，意謂就道家最高境界「無待」而言，列子仍爲「有待」之境。

　　本文選自《列子》之〈湯問〉篇，此爲民間傳說故事，此處記載爲文獻上首見，可視爲故事原貌，類似的故事版本亦可見於《呂氏春秋》之〈本味〉篇、《荀子》之〈勸學〉篇，另外，明末馮夢龍《警世通言》之〈俞伯牙摔琴謝知音〉、京劇〈伯牙碎琴〉皆有更爲戲劇化的改編版本，深受民眾喜愛，亦可參照欣賞。本文所說伯牙與鍾子期這對超級好朋友的相知過程，有以下特點，身分懸殊、互不相識的兩個人內心不設防，可以跨越外在的表象虛飾，單純用心靈相通，透過三番兩次地確認無誤，終於在音樂藝術的最高境界中，找到彼此和眞我，靈魂從此安定、不再漂泊，這是世間追求友誼境界的極致和幸運。

▌協奏曲 ▌ •︰————•

　　人生知音難遇，人海茫茫，身邊過客匆匆，終其一生仍尋尋覓覓，有時知音已來到身邊，但因為無謂的矜持，心房無法敞開，錯過了彼此相知的機遇，不管錯過與否，總是來不及把真心話對他說。

　　請同學回憶過去各個階段的朋友中，目前仍讓你念念不忘的幾位，分別幫他們取個「綽號」，也許這幾位是你所感謝的、你所抱歉的、你所痛恨的、你所遺憾的，請把你們之間的故事說明一下，並把現在想對他們訴說的心裡話，在這份作業中表達。

與另一個自己的相遇，就像以同一種素材為基底，過境千帆，終於看穿表象的偽裝，而透視到內在相同的心跳與靈魂，其實是一為二，二為一的。（圖：潘坤松）

【友情大會串：「我想對你說」】學習單

【步驟一】	【我想對你說】
「謝謝你曾經來到我的生命中」 找出一位你想感謝的朋友（取綽號），附一張他的照片，手繪也可以，寫下你想對他表達的感恩之意。	
【步驟二】	【我想對你說】
「請你不要太得意」 找出一位你較為看不慣的朋友（取綽號），附一張他的照片，手繪也可以，寫下你想對他表達的不滿之意。	

▌迴旋曲▌ ⋯──────────────────

1. 馮夢龍：〈俞伯牙摔琴謝知音〉，《警世通言》（臺北：三民，2008）。

2. 陳凱歌（導演）：《和你在一起》（臺北：大來影業公司，2004電影）。

3. 司馬遷：〈管鮑之交〉，《史記・管晏列傳》，韓兆琦《新譯史記讀本》（臺北：三民，2008）。

4. 廖輝英等著：《友情之書》（臺北：林白出版社，1989）。

5. 林野：〈舞臺：談友情〉，唐捐、向陽編著《中華現代文學大系・詩卷》（臺北：九歌，2003）。

（王惠鈴選編）

列子「御風而行」，追求心靈自由。（圖：謝穎怡）

二部曲「友情心電圖」選篇二：
余秋雨〈清理友情〉（節選賞析）

▌▌奏鳴曲▌ ·◄──────────────

余秋雨〈清理友情〉開宗明義即提到：「有人說，人世間最純淨的友情只存在於孩童時代。一位要好同學遇到困難使你放慢腳步憂思起來，開始懂得人生的重量。就在這一刻，你突然長大。」作者並且發現，「人間失敗的友情遠遠多於成功的友情。但是，大家都不想承認這一點，大半輩子都在防範著友情的破碎。結果，應該破碎的友情常常被捆紮、黏合著，而不該破碎的友情反而被捏碎了。」所以多數人一輩子活在大小不一的創傷受挫記憶之中，走不出來。

•間奏 1•

> 人對於失落、災難、創傷最習慣以逃避、壓抑、美化的方式去處理，反而容易錯失療癒、解脫、放下的契機，最好的方式是坦然面對過去，進行記憶資訊刪除，才能以零為起點，再次全新出發。

因此，余秋雨提到：「我不喜歡那種偽裝天真純淨、虛設理想狀態的抒情散文。它們的問題，主要不在文風膩人，而是內容害人。」並進一步說明：「很多學生年紀輕輕就產生了巨大的失落感，渾身憂

鬱，就是因為上了這種抒情散文的當，以為世間真有那麼多五彩的肥皂泡，結果，所有的肥皂泡都破了。」更直接挑明著說：「請注意，我不是說受朋友的騙，而是受文章的騙。」長期以來，我們的教育一直善意地預設了標準答案，但人生的可能性太複雜，容易令學子產生誤解。

・間奏 2・

余秋雨在談論到「友情」這個普世價值，直接了當地點明孩子從小受到多數正向友情文章的欺騙，被洗腦之後，成為一種刻板印象，等到實際經歷了一段又一段的友情失落之後，得不到友情文章預期的歌頌，便轉而否定自己或批判他人，連老師父母輩也深陷其中的焦慮感之中，形成一種集體無意識的狀態，在書寫時養成了有標準答案的思考模式，學會睜眼說瞎話的方式，最後厭惡寫作這回事，因為這與虛情假意、裝腔作勢等同。

所以，世間友情存在著以下特點：「世間友情從來就不可能是全方位吻合的，只要友情雙方都是自主的真人。世間友情也不會是始終保持在同一個精神水準之上的，只要友情雙方都是承擔多方角色又時時變化著的活人。世間友情更不會是長久相守永不厭倦的，只要友情雙方都是有求新欲望的正常人。」並歸納出這樣的看法：「世間友情只是欣喜乍見，只是偶然相逢，只是心意暫聚，只是局部重疊，只是體諒相助，只是因緣互尊。」作者期待過來人尤其是教育工作者，及早跟年輕學子說明真相，雖然殘酷，但卻可以打一劑預防針。

•間奏 3•

不同成長背景的心靈，本就有不同的生命情調與價值。假借「友情」的名義，要其中一方遷就、忍讓另一方，其實是一種「情感勒索」，已經不是「友情」平等自主的原意。

　　以下作者用對聯式的句子，一式三句為單位，共有六聯，為友情作詩意的註解。列出其中四聯為例：「我看到，被最美的月光籠罩著的，總是荒蕪的山谷。我看到，被最密集的『朋友』簇擁著的，總是友情的孤兒。」、「我看到，最低俗的友情被滔滔的酒水浸泡著，越泡越大。我看到，最典雅的友情被矜持的水筆描畫著，越描越淡。」、「我看到，最堅固的結盟，大多是由於利益。我看到，最決絕的分離，大多是由於情感。」、「我看到，最容易和解的，是百年血戰。我看到，最不能消解的，是半句齟齬。」

•間奏 4•

原著選文的第一部分（頁148）由零散又一致性的五段文字組成，選文的第二部分（頁150）以格言和白話詩體混合的形式，出現六組對聯式的句子。作者的寫作動機就像是沒有預謀般的、不預設讀者喜好般地進行著自我的呢喃，接著再從喃喃自語中提煉出真金不換的結語，此為典型的療癒書寫樣式。

──本文選自余秋雨：《人生風景》（臺北：時報文化出版公司，2007）。

▌▌主旋律▎▎ •⎯⎯⎯⎯⎯

余秋雨（1946～），浙江餘姚人，上海戲劇學院教授，曾任上海戲劇學院副院長、院長、榮譽院長，知名的學者和作家。其考察研究國內外各大文明和文化地，先後出版《文化苦旅》、《山居筆記》、《霜冷長河》、《千年一歎》、《行者無疆》、《借我一生》、《我等不到了》等七部散文集。在大陸公布近十年來全國最暢銷書籍前十名中，余秋雨一人獨佔了四本，並先後獲中國作家協會魯迅文學獎、中國出版獎、上海優秀文學作品獎、臺灣聯合報讀書人最佳書獎（連續兩屆）、金石堂最有影響力書獎、臺灣中國時報白金作家獎、馬來西亞最受歡迎的華語作家獎、香港電臺最受歡迎書籍獎等，同時也使余秋雨成為中國當代最具公眾影響力的學者和作家之一，並形成所謂「余秋雨現象」。由於余「主動放棄了官職名號和生存策略，幾乎不加任何掩護地出現在中國文化地平線上」「又優秀得那麼全面」，因此「成了被嫉妒最深的人」。

本文摘錄余秋雨2007年《人生風景》一書中的〈清理友情〉一文的部分篇章，以一般人常歌頌的「友情」為主題，而作者的處理手法並非錦上添花式的加重歌頌劑量，卻一反常態地對於友情做「清理」的整肅工作，可說是跳脫既有框架與刻板印象，正視友情帶給成長的創傷，直擊眾聲喧嘩後的人生實際現場，令人讀來特別有領悟。這正是余秋雨的文章一直以來最吸引人的地方。

▌▌協奏曲▎▎ •⎯⎯⎯⎯⎯

余秋雨〈清理友情〉直視個人過去經驗和歷史共業，試圖從中得

以解脫、療癒、放下的書寫手法。為了療癒，必須坦誠。本單元設計「信念覺察」、「宣告接納」兩個步驟，並使用相應的祈願文，讓同學進行療癒書寫。請同學將括號中的字句重新填入自己的真實感受，不限字數。（可進一步參考王怡仁：《不藥而癒：身心靈整體健康完全講義》，賽斯文化，2010年）

同一棵樹的葉子本就形狀不一，加上後天加工過，呈現出與原始狀態既相似又陌生的狀態，就像兩個不同生命的交會一樣。（圖：潘坤松）

【自我療癒祈願文】學習單

【步驟一】	【祈願文】
「信念覺察」： 找出存在已久的內在衝突	「一直以來，我的情緒（非常苦悶），因為我的想法中，總是不斷出現（跟我老婆外遇的那個男人，以及他們卿卿我我的畫面）。經過覺察，我知道是我的信念中相信（人心不可信，就如親如老婆也可能背叛我），而在想法中的畫面，及實際上發生的實相，正是我的內在想要去經驗的。」
	【習作】
【步驟二】 「宣告接納」： 使用自我宣告，全然接納所有發生、安排在我們身上的所有痛苦，經由接納，真正地釋放自己。	【祈願文】 「經過覺察，我明白自己是在對立（我的工作）；是的，我就是（那種用責任心不斷鞭策自己，而不是用熱情在對待工作）的人，又因為這樣的性格，我現在（罹患了肝硬化）；而這樣的問題，使得我的心情（常常很沮喪）。我全然接納這樣的自己。」
	【習作】

▊▊迴旋曲▊ •‥———

1. 尹雪曼：〈友情像初春的冰 —— 給遠在加州的TL〉，《西園書簡》（臺北：皇冠，1972）。

2. 卡勒德‧胡賽尼：《追風箏的孩子》（臺北：木馬文化，2005）。

3. 馬克佛斯特（導演）：《追風箏的孩子》（美國：派拉蒙電影公司，2008電影）。

4. 嵇康：〈與山巨源絕交書〉，梁‧蕭統編，唐‧李善注《昭明文選》（臺北：文津出版社，1987）。

5. 余秋雨：〈關於友情〉，《霜冷長河》（臺北：時報出版，1999）。

（王惠鈴選編）

人的一生將遇到許多朋友，但有幾個能駐足在生命中呢？（圖：潘坤松）

「緣來就是你」

王子和公主真的能一直過著幸福快樂的生活嗎？如何在遇到另一半後能細水長流呢？

愛情使人成長，也讓人受傷，每位學生對愛情是既期待又怕受傷害，透過閱讀與討論，培養學生開放性的思考，在愛中獲得救贖與療癒。所選的篇章有：

倉央嘉措〈十誡詩〉，如果一切能回到無愛無執，是不是就不會受傷？如果可以看透愛情使人黯然神傷，是不是可以放下這一切？端看六世達賴喇嘛對情關的獨到見解。

班婕妤〈怨歌行〉，愛情中的背叛和遺棄，令人神傷，讓人再也不相信愛情，但如果愛情能說決裂就決裂，那就不會有這麼多曠男怨女了！

三部曲「緣來就是你」選篇一：
倉央嘉措〈十誡詩〉

▌奏鳴曲│ ❖━━━━━━━━━━━━━━

▲1930年於道泉譯本：

• 間奏 *1* •

倉央嘉措的詩作為藏文寫成，1930年藏學家於道泉的漢、英對照本《第六代達賴喇嘛倉央嘉措情歌》第一次將倉央嘉措詩翻譯成藏文以外的文字。

第一最好是不相見，
如此便可不至相戀；
第二最好是不相知，
如此便可不用相思。

▲1939年曾緘譯本：

•間奏 2•

1939年，在蒙藏委員會任職的曾緘又將倉央嘉措的詩翻譯成七言絕句。隨後，大陸中央民族學院兩位研究西藏文學史的佟錦華與耿玉芳匯總收集，1981年出版《倉央嘉措情詩與秘傳》詩作124首。

　但曾相見便相知，

　相見何如不見時。

•間奏 3•

「相見何如不見時」為什麼相見還不如不要相遇？因為相戀、相思的苦楚令人坐立難安，患得患失的情思、感情難成的椎心之痛是難以言喻的，或許沒有相見相戀就不會有痛苦了。這種矛盾的心情恰與於道泉譯本「第一最好不相見，如此便可不相戀。第二最好不相知，如此便可不相思。」相呼應。

安得與君相決絕，

免教辛苦作相思。

•間奏4•

電視劇《步步驚心》將「免教辛苦作相思」改寫為「免教生死作相思」，更添「問世間情為何物？直叫人生死相許」的綿綿無盡之情意。試問到底要怎樣才能與你斷絕關係？如何免除情愛的難捨之苦？表面上雖然說要斷絕情愛，但心緒又徬徨難捨，所以才會不知如何是好？正如「明知不該思念他，偏偏為他害相思」一般，這種期待又怕傷害的矛盾情感卻也反映出世人為愛痴狂的心念。

──本詩選自任倬灝：〈第六代達賴喇嘛倉央嘉措情歌全集〉，《倉央嘉措的情與詩》（臺北：廣達文化事業有限公司，2011）。

最好不相見，便可不相戀；最好不相知，便可不相思（圖：謝穎怡）

▌|主旋律|‧━━

倉央嘉措（1683～1706），出生於西藏南部門隅納拉山下宇松地區烏堅林村。倉央嘉措意為「梵音海」，他是第六世達賴喇嘛。2歲時，倉央嘉措被秘密安置在巴桑寺學習佛法；15歲時，倉央嘉措被選定為五世達賴的「轉世靈童」，在拉薩布達拉宮舉行坐床典禮，成為六世達賴喇嘛。1705年，拉藏汗請求康熙帝廢黜倉央嘉措；1706年，康熙帝准奏並下令將倉央嘉措解送北京予以廢黜。1706年冬，倉央嘉措時年僅23歲，傳說他在解送京師的途中行經青海湖湖畔圓寂，一說在青海湖遁去失蹤。

倉央嘉措生性浪漫，流傳不少的情史，曾經寫過許多的詩歌，被世人視為「情詩」而傳誦，他的詩詞優美，情思猶如從心底深處潛流而出，真摯而動人，因而被譽為「西藏最深情的詩人」。倉央嘉措的詩作為藏文寫成，於道泉、曾緘、劉希武等人曾將多首傳為倉央嘉措所作的詩歌漢譯。迄於1990年代，倉央嘉措的詩作開始向大眾普及，倉央嘉措在漢文文壇獲得相當的歡迎。

本文選詩摘錄自任俁灝《倉央嘉措的情與詩》，〈十誡詩〉是倉央嘉措頗受推崇的一首情詩，原詩並無詩題，於道泉、曾緘等都標列為第66首。這首情詩原詩是藏文，於道泉翻譯成現代詩形式，曾緘翻譯成古詩形式。2006年《步步驚心》小說出版，作者桐華引用於道泉的翻譯詩句，電視劇《步步驚心》則將兩譯詩並組為：「第一最好不相見，如此便可不相戀。第二最好不相知，如此便可不相思。但曾相見便相知，相見何如不見時。安得與君相決絕，免教生死作相思。」。其後，《步步驚心》的讀者皎月清風添加了第三、四句「第三最好不相伴，如此便可不相欠。第四最好不相惜，如此便可不相

憶。」。再其後，白衣悠藍繼續創作，添加了第五至十句「第五最好
不相愛，如此便可不相棄。第六最好不相對，如此便可不相會。第七
最好不相誤，如此便可不相負。第八最好不相許，如此便可不相續。
第九最好不相依，如此便可不相偎。第十最好不相遇，如此便可不相
聚。」，因一共十條，被網友冠以〈十誡詩〉之名，於是〈十誡詩〉
成為倉央嘉措此詩以及其相關詩作的通稱。這首詩將男女情愛的纏綿
之情刻劃得極為動人，那種想愛又怕傷害的心理變化經由短短的詩句
直襲人心，因而廣為各地傳頌。

▌▌協奏曲 ▌

　　愛情讓人有滿滿的幸福感，因為愛而覺得生命是光彩的；然而，
愛情也是苦澀的，期待、失落、想念、徬徨不安等複雜心情也令人躊
躇難過。倉央嘉措〈十誡詩〉道盡了愛情中的酸甜苦辣，因而提出了
不愛不苦的想像之語。然而愛真是痛苦的？到底愛情的滋味如何？請
同學手繪或找尋一幅圖畫，試著把你對愛情的認識或想像以圖領文來
作書寫，書寫的文體自由，在完成詩作後，請分組進行愛情分享會。

愛情的滋味【愛情圖畫詩文創作】

一、【題目】

　　配合「圖像」，書寫你對愛情的認識或想像（愛情的滋味）。

二、【步驟】

　　1. 愛情圖畫詩文創作前，先回家搜尋或手繪一幅你覺得最能彰顯愛情本質的圖像。

　　2. 第一步驟完成後，試著配合你所選或手繪的圖像，書寫你對愛情的認識與期待。

　　3. 創作完成後，每組推選2位組員上臺分享愛情圖畫詩文創作，大家進行愛情分享會，交流主題：愛情的滋味到底是什麼？

【愛情圖畫詩文創作區】

▌迴旋曲▌ ‥

1. 佚名：〈上邪〉，宋‧郭茂倩編撰《樂府詩集》（臺北：里仁，1993）。
2. 蘇軾：〈江城子〉，龍沐勛校箋《東坡樂府箋》（臺北：臺灣商務，1999）。
3. 張錯：〈茶的情詩〉，《錯誤十四行》（臺北：皇冠文化，1994）。
4. 蕭蕭：〈金駿眉〉，《雲水依依：蕭蕭茶詩集》（臺北：釀出版，2012）。
5. 張愛玲：《傾城之戀》（臺北：皇冠文化，1991）。
6. 鍾理和：〈貧賤夫妻〉，《鍾理和全集》（高雄：高雄縣政府，2009）。

（謝瑞隆選編）

在愛情沙漠中，我像變裝的駱駝一樣。（圖：潘俊志）

三部曲「緣來就是你」選篇二：
班婕妤〈怨歌行〉

▌▌奏鳴曲▌

新裂齊紈素[1]，鮮潔如霜雪。

•間奏 *1*•

這二句刻畫紈扇的美好，「新裂」是指剛織成而未使用過，「齊紈素」是最精緻的材質，「鮮潔如霜雪」其外觀色彩如同霜雪般的皎潔，這些形容語彙不正就是描繪一個美好的女子形象。

裁為合歡扇[2]，團團[3]似明月。

•間奏 *2*•

「合歡」、「明月」的圓滿暗喻了幸福美滿的時光。

1 　新裂齊紈素：剛從織機上剪裁產自齊國的絲絹。裂，截斷、裁斷；新裂，剛從織機上裁剪下來。紈，精美的絹絲；素，生絹。

2 　合歡扇：團扇左右半圓對稱，外形猶如一輪明月，圓形蘊含著團圓、男女歡會之意，所以稱為「合歡扇」。另一說則是指團扇上繪有或繡有合歡的圖案。

3 　團團：形容圓的樣子。

出入君懷袖，動搖微風發；

・間奏 *3*・

「出入君懷袖」，紈扇因爲主人所需、所愛，因而與主人形影不離。李善注云：「此謂蒙恩幸之時也。」，此句暗指女子得到君王的寵信。

常恐秋節至，涼飆⁴奪炎熱；

・間奏 *4*・

「秋節」，秋天隱含著蕭瑟的氛圍，感傷離別的哀愁。「涼飆」承續秋節而來，似指君王的新歡，「涼飆」的襲奪，「炎熱」的舊日熾愛之情終究經不起時間的考驗。「涼飆」、「炎熱」都是一語雙關。

4　涼飆：亦作「涼風」，指秋風。飆，急風，音ㄅㄧㄠ。

棄捐篋笥中[5]，恩情中道絕。

• 間 奏 **5** •

團扇被棄置在裝衣物的竹箱，一如女子失寵而被遺棄冷宮，「篋笥」暗喻冷宮幽閉，也是語義雙關。本詩藉團扇寫女子最終情場失意的心緒，文辭「怨而不怒」，沈德潛評價此詩曰：「用意微婉，音韻和平。」，因而更添淡詞濃情。

——本詩選自梁·蕭統編，唐·李善注《昭明文選》：（臺北：文津出版社，1987）。

我堅持在愛情中保留我的驕傲。
（圖：潘坤松）

5　棄捐篋笥中：被棄置在裝衣物的竹箱。捐，棄；棄捐：拋棄。篋，小箱子，音ㄑㄧㄝˋ；笥，盛飯食或衣物的竹器，音ㄙˋ；篋笥，古人裝衣物的竹箱子。

▋|主旋律| ·━━━━━━━━━━━━━━━━━━━━━━━

　　班婕妤，名不詳，西漢成帝時人，生卒年亦不詳，祖籍樓煩（今山西朔縣甯武附近），是史學家班固的祖姑。漢成帝初即位，班氏選入宮，後立為婕妤，因其真實名字無從稽考，後人慣稱其為班婕妤。

　　班婕妤是漢成帝的后妃，在趙飛燕入宮前，是漢成帝最為寵倖的妃嬪之一。她的文學造詣極高，又擅長音律，甚得成帝寵愛。後趙飛燕姐妹得寵，班婕妤為免禍乃自請供奉皇太后於長信宮；成帝卒，奉守園陵，死後葬於園中。她的文學造詣極高，是中國文學史上著名的女作家之一。她的作品大多散佚，現存作品有三篇，即〈自傷賦〉、〈搗素賦〉和五言詩〈怨歌行〉。

　　〈怨歌行〉亦名〈團扇歌〉、〈怨詩〉，是一首詠物言情之作。徐陵《玉臺新詠》於詩前作序介紹：「昔漢成帝班婕妤失寵，供養於長信宮，乃作賦自傷，并為怨詩一首。」全詩用「團扇見捐」來比喻嬪妃受帝王寵幸、遺棄的悲劇命運，把傳統女性的閨怨比物言情，語緩而情熾，氣柔而情哀，構成了極高的藝術性。

▋|協奏曲| ·━━━━━━━━━━━━━━━━━━━━━━━

　　愛情是否能夠經得起考驗？有些人你曾經深愛過，但漸漸不再那麼愛了；有些人或許一直默默地守候著你，但你會愛上他？班婕妤〈怨歌行〉經由團扇的歌詠，陳述了對愛情的懷念與失落，同時也表達了愛情終難廝守的悲哀。我們不禁暗忖——海誓山盟、海枯石爛的感情有可能？到底人類的愛情是否能夠永恆？為什麼愛？為什麼漸漸地沒那麼愛？我們試著從人性來分享愛情，進一步去討論如何經營愛情。

分組討論【愛情分享會：「愛情可以永恆嗎？」】學習單	
【步驟一】 同學進行分組討論： 「愛情可以永恆嗎？」 每組把意見寫在學習 單，然後進行小組分 享。	【愛情可以永恆嗎？】
【步驟二】 接續討論： 1. 如果你相信人類的愛情可以永恆，什麼樣的愛情才是永久不變？ 2. 人性的愛情如果不能永恆，那麼要怎麼經營與保值？	【什麼樣的愛情可以永恆？】或是【愛情要如何經營與保值？】 (1) (2)

▐|迴旋曲|

1. 王昌齡：〈閨怨〉，邱燮友注譯《新譯唐詩三百首》（臺北：三民，2012）。
2. 蔣防：〈霍小玉傳〉，蔡守湘選注《唐人小說選注》（臺北：里仁，2002）。
3. 元稹：〈鶯鶯傳〉，蔡守湘選注《唐人小說選注》（臺北：里仁，2002）。
4. 蒲松齡：〈阿英〉，《聊齋誌異》（臺北：臺灣書房，2009）。
5. 楊雅喆（導演兼編劇）：《男朋友‧女朋友》（臺灣：原子映象、中影國際，2012電影）。

（謝瑞隆選編）

班婕妤〈怨歌行〉「愛終難廝守」的嘆息！（圖：謝穎怡）

「養生深呼吸」

你是否仗著年輕有本錢，就不聽忠告，而恣意揮霍身體健康？有些身體的傷害一旦烙下了，就回不去了，你曾想過嗎？

心靈需要滋養，身體也需要調理。現代學生大多倚賴科技，生活作息不規律，透過文學引導，潛移默化學生的養生觀念，擺脫御宅族的刻板印象。所選的篇章有：

莊子〈養生主〉，莊子提到的「養生」，是以心靈上的超脫為主，面對阻難重重的現實困境，發現自然的規則，並讓靈魂安然自在地活在其中且看如何化繁為簡，保留靈魂的精華！

蔣勳〈新食代〉，蔣勳說「物質的永續狀態，或是生命的永續狀態，就是有機。」我們每天犧牲健康和睡眠，力爭上游，或者視一切為無物，透支體力，等到失去健康時，早已回不去了。你今天「有機」了嗎？

四部曲「養生深呼吸」選篇一：
莊子〈養生主〉（節選）

▊▊奏鳴曲▊ ⋯───────────────

　　吾生也有涯[1]，而知也無涯。以有涯隨無涯，殆[2]已；已而爲知者，殆而已矣。

•間奏1•

個人的「生」註定有涯岸，有終結，但是世上的「知」，卻是浩如煙海，無邊無際。「生」，指的是生命與生活；「知」，指的不僅是客觀的知識道理，也指的是人世間種種因緣感遇，以及隨之而來的欲求、爭奪、不滿和衝突。「以有涯隨無涯」，用有限的生命追逐那無止境的欲求和煩擾，豈不如夸父逐日那樣瘋狂危險？爲此執迷不悟，仍一頭栽進這條「知」的不歸路，那真是無可挽救了！

───────────

1　涯：邊際，極限。
2　殆：危險。

庖丁[3]爲文惠君[4]解牛，手之所觸，肩之所倚，足之所履，膝之所踦[5]，砉然嚮然[6]，奏刀騞然[7]，莫不中音[8]，合於桑林[9]之舞，乃中經首之會[10]。文惠君曰：「譆！善哉！技蓋[11]至此乎？」

間奏 *2*

常言道：「殺雞焉用牛刀。」殺雞不比解牛，解牛更需要純熟的技巧與豐富的經驗，非尋常人可以勝任。觀看庖丁爲文惠君肢解牛體的過程，眞是一場華麗絕倫的表演。他「以手推牛，以肩就牛，以足踏牛，以膝壓牛」，人體與牛體合拍律動，靈轉美妙，進刀與出刀節奏俐落，聲響悅耳，彷彿是欣賞絕美曼妙的音樂和舞蹈。庖丁將如此煩難的技術昇華至高超境界，難怪文惠君會歎爲觀止。

---

3 庖丁：即廚師。庖，廚房。丁，僕役，或指從事某些勞役或職業的人。一說，丁是廚師之名。先秦時代的庶民以職業爲氏，置名於後。

4 文惠君：即梁惠王，亦稱魏惠王。

5 踦：用膝抵住，音ㄧˇ。

6 砉然嚮然：砉然，皮肉分離的聲音。砉，音ㄏㄨㄛˋ。嚮然，多種聲音相互回應的樣子。

7 奏刀騞然：奏刀，進刀。騞然，以刀快速割牛的聲音。騞，音ㄏㄨㄛˋ。

8 中音：合於音樂的節奏。中，合適，音ㄓㄨㄥˋ。

9 桑林：傳說中殷商時代的樂曲名。

10 經首：傳說中帝堯時代的樂曲名。會：樂律，節奏。

11 蓋：通作「盍」，亦即「何」，怎麼的意思。

庖丁釋刀對曰：「臣之所好者道也，進乎技矣[12]。

•間奏3•

庖丁不光是解牛，而是從單純運刀的技術之中，逐步超越提升，體會至高的道體存在，即所謂「技進於道」，這也引發文惠君對「養生」的領悟。

始臣之解牛之時，所見無非全牛者。三年之後，未嘗見全牛也。方今之時，臣以神遇而不以目視，官知止而神欲行。依乎天理，批大郤[13]，導大窾[14]，因其固然[15]，技經肯綮[16]之未嘗，而況大軱[17]乎！

•間奏4•

庖丁解牛，歷經三進程。第一是感官目視的「全牛」階段，是正面的硬碰硬，看到什麼便砍什麼；第二是心知理解的「未嘗見全牛」階段，是心中有一全牛肢解圖，按圖解牛；第三則是「神遇」階段，感官與心知全停止了，只任憑神氣運行，與牛體的筋脈骨節相會，依循自然之理，從容操刀，深入骨節或筋脈的縫隙處，順著牛體結構，迎刃而解，連那些經絡最糾纏的地方也未曾損傷，何況是大骨頭呢？庖丁通過不斷修養升級的工夫，掌握到如此解牛的絕技。

---

12 進乎技矣：比技術更高一層。進：進一層，含有超過、勝過的意思。乎：於，比。

13 批大郤：指劈開牛體筋腱骨骼間的空隙。批，擊。郤，通作「隙」，音ㄒ一ˋ。

14 道大窾：指依循牛體骨節間較大的空穴。道，同「導」，循著。窾，空穴，音ㄎㄨㄢˇ。

15 因其固然：順著牛身體本來的結構。因：依，順著。

16 技經肯綮：「技經」指經絡結聚的地方。技，通作「枝」，指枝脈。經：經脈。「肯綮」指骨頭和筋肉結合的部位。肯：附在骨上的肉。綮：骨肉聚結處，音ㄑ一ㄥˋ。

17 軱：大骨，音ㄍㄨ。

良庖歲更刀，割也；族庖[18]月更刀，折也。今臣之刀十九年矣，所解
數千牛矣，而刀刃若新發於硎[19]。彼節者有閒，而刀刃者無厚，以無
厚入有閒，恢恢[20]乎其於遊刃必有餘地矣。是以十九年而刀刃若新發
於硎。

• 間 奏 5 •

解牛不能不用刀，觀察用刀的好壞，即可斷定廚師技藝高下。優
良的廚師用切筋肉解牛，所以刀一年一換；普通的廚師用砍骨
頭解牛，刀一月一換。但是庖丁的刀，用了十九年，卻仍像是剛
滾過磨刀石一樣嶄新！何以致之呢？理由就在，庖丁的刀從不去
切，也不去砍，而是用那沒有厚度的刀刃去析解有空隙的牛體，
從阻力最小處下刀，迴旋的空間也最大，所以遊刃有餘而無損，
長保刀的光亮銳利如新。

---

18 族庖：指一般的廚師。族，眾，一般的。

19 硎：磨刀石，音ㄒㄧㄥˊ。

20 恢恢：寬綽的樣子。

雖然，每至於族[21]，吾見其難為，怵然[22]為戒，視為止，行為遲。動刀甚微，謋然[23]已解，如土委[24]地。

・間奏 *6*・

說是遊刃有餘，看似輕巧容易，其實仍大意不得，必須全神貫注，專心一致，尤其遇到最為繁難複雜之處，更要小心翼翼動刀，如臨深淵，如履薄冰。這正是一種謹小慎微的態度。一旦突破窒礙，牛體便霍地應聲分解，像土塊崩落一樣爽快，彷彿不知自己怎麼死的。

提刀而立，為之四顧，為之躊躇[25]滿志，善刀而藏之。」

・間奏 *7*・

全牛既已分解，大功告成，庖丁像是解決敵人的武俠高手，提刀獨立，四處顧盼，洋洋自得，但庖丁並未因此沖昏頭，他仔細收藏好刀，等待下次出刀的機會。

---

21 族：指骨節、筋腱聚結交錯的部位。

22 怵然：小心謹慎的樣子，音ㄔㄨˋ。

23 謋：牛體分解的聲音，音ㄏㄨㄛˋ。

24 委：散佈。

25 躊躇：志得意滿的樣子，音ㄔㄡˊㄔㄨˊ。

文惠君曰：「善哉！吾聞庖丁之言，得養生焉。」

●間奏 *8*●

文惠君說的「養生」，也就是庖丁如何解牛之道。質實說，牛便是人所面對的複雜萬端的人間世，所有利害紛爭像牛的筋脈骨節交錯糾結一般，割不斷，理還亂。刀便是人的自我主體，身處在這繁難錯綜的人間世，愈周旋其間便愈趨鈍化，時時可能折損，甚至於喪生。借庖丁解牛的闡述，可以掌握「養生」的四個關鍵：一是「神遇」，以心領神會的手腕入世處世，勿生割硬砍，也勿勞心竭慮；二是「無厚入有間」，尋求最小阻力的自然之路；三是「怵然為戒」，愈是繁難之處，愈是要小心謹慎；四是「善刀藏之」，韜光養晦，不輕露鋒芒。如此便能長久保持自我主體的自由狀態、活潑狀態，「遊刃有餘」、「刀刃若新發於硎」，這才是真正「養生」的主旨。

——本文選自清·郭慶藩：《莊子集釋》（臺北：世界書局，2008）。

▌▌主旋律▌∘————

　　莊子，名周，戰國時代宋國蒙人，爲先秦諸子之一，道家學派代表人物，他的思想繼承老子而有所發展，後世習慣將二人並稱爲「老莊」，他們的哲學並稱爲「老莊哲學」。相較於老子，莊子的學說更能詳盡處理人與自然的關係，開創人的心靈自由之無限可能，並提出人的自我修養，以及面對社會國家的處世之道。

　　莊子與梁惠王、齊宣王同時，比孟子年齡略小。曾做過漆園吏，故亦稱爲蒙吏、蒙莊、蒙叟。他的生活十分貧困，卻淡泊名利，廉潔正直。楚王想重金聘請他作官，他拒絕說：寧願當個「生而曳尾於塗中」的活龜，也不要做個廟堂之上「死爲留骨而貴」的神龜，並且以「吮癰舐痔」譏諷那些沽名釣譽、貪財求官之輩。正因爲世道污濁，人心紛擾，他的內心深處充滿悲慨和失望，故一生主張精神上的逍遙自在，重視內在的品德與修養，與天地合而爲一，與萬物齊平對待，以高超的審美角度，跳脫人間是是非非，爲人生指示一條美好的新路。

　　莊子學問淵博，文采非凡，著有《莊子》一書。傳聞嘗隱居南華山，故唐玄宗天寶初，詔追號爲「南華眞人」，稱其書爲《南華經》。他的文章想像豐富奇特，文筆變化多端，擅長以幽默風趣的寓言故事寄託精微奧妙的哲理，富於浪漫色彩，對後世文學影響深遠。本文節選自《莊子・養生主》，莊子以「庖丁解牛」的故事，說明面對複雜煩難的人世，應該保有自由活潑的心靈，要順應自然，不要強爲硬使，才能遊刃而有餘，無入而不自得。

▌|協奏曲| ∙⬤━━━━━━━━━━━━━━

我的養生食譜

　　莊子提到的「養生」，是以心靈上的超脫爲主，面對阻難重重的現實困境，發現自然的規則，並讓靈魂安然自在地活在其中。如同一道佳餚要利用生鮮的材料在盤子中盡情舒展一般。請以自己的個人「最牛」（超乎尋常）的特質或經驗爲材料（如：寂寞、害羞、失戀、病痛……等），再以自我的期許與應對之道爲調理方式，把自己的生命變成一道令人食指大動的佳餚。如果天命註定難違，人生亦無異路的話，你要如何像莊子一般安時處順走下去？請爲自己的生命調理一份養生食譜吧！

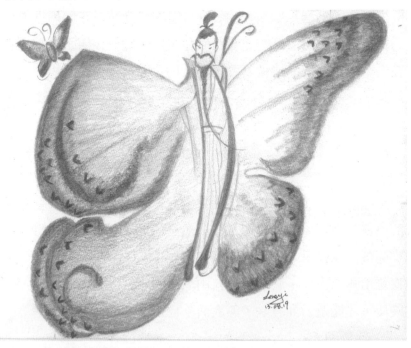

莊子〈養生主〉讓心靈長出一對翱翔的翅膀！（圖：謝穎怡）

「我的養生食譜」學習單	
材料	（個人「最牛」的特質或經驗）
調理方式	（我的期許與應對之道）
調理過程	（文長限300-500字）
老師的美味評點	

|迴旋曲| ∙—

1. 莊子：〈達生〉「承蜩大人」，清‧郭慶藩《莊子集釋》（臺北：世界書局，2008）。

2. 王溢嘉：《莊子陪你走紅塵》（臺北：有鹿文化事業，2012）。

3. 史鐵生：〈命若琴弦〉，張曉風編《小說教室》（臺北：九歌出版社，2008）。

4. 陳凱歌（導演），《邊走邊唱》（中國電影，改編自史鐵生〈命若琴弦〉，1990）。

5. 力克‧胡哲：《人生不設限：我那好得不像話的生命體驗》（臺北：方智出版社，2007）。

（兵界勇選編）

用蔬果拓印出來的畫面，繽紛和諧！（圖：潘坤松）

四部曲「養生深呼吸」選篇二：
蔣勳〈新食代〉（節選）

▌▌奏鳴曲▌‧⁝⁝─────────

　　談生活，談文化，都離不開食衣住行這四個基本條件，甚至有時候你會發現，構成你的生命記憶的，就是這些看起來簡單，很平凡的瑣碎小事，而人生艱深複雜的哲理，也是從微不足道的食衣住行中實際體會出來的。

　　我們說「食衣住行」的這個順序，食是排在第一位，表示這是最重要的。可是工業革命之後，食這件事情卻是第一個被糟蹋、被忽略。你會發現周遭很多人對吃什麼、怎麼吃，其實是很漫不經心。

　　在中午用餐時間，到都會區看上班族們吃飯就會了解，我真的很懷疑他們吃得那麼匆忙，到底知不知道自己吃進去什麼？

◦間奏 *1*◦

古人說：「民以食為天」，俗諺也說：「吃飯皇帝大」。關於「食」這件事一直是文化傳統中最具有代表性的指標，能不能吃得好與能不能好好吃，象徵一個人、一個家庭、甚至一個國家的生活水平與文化高度。自工業革命興起後，物質生產大量增加，改善人的生存條件，但是人也變成物質生產的機器，投入高速運轉之中，忙碌不停。吃飯竟然變成「上機油」般的動作，只為讓

自己快速補足一點精力，再繼續投入高速運轉的機器中。這也是
「速食」所以會盛行的原因吧！

「食」的回憶與記憶

很多人都知道法國人不喜歡速食，他們也常反問我：「你們為什麼要速食？」吃飯是一個好快樂的過程，吃飯的時候可以跟很久不見的朋友或是家人，聊聊彼此發生的事，當然需要很多時間，這是一件很重要的事情。

我們自己也可以去抵抗這些低劣、粗糙的商品占據生活。假如朋友約我假日去速食店吃飯，我一定轉頭就走。好不容易週休二日，可以在家烹煮一些食物，即使是包個水餃都好，為什麼要吃速食呢？如果今天時間很匆忙，沒有辦法坐下來好好吃飯，那麼買速食沒有關係，但既然是休假日，為什麼要趕時間吃「速食」？那麼你把時間剩下來要做什麼？

我很想去影響下一代，讓他們不要太倚賴速食。所以我會找學生到家裡來包水餃，從揉麵糰開始，告訴他們怎麼樣去把韭菜燙熟，怎麼切丁，教他們分辨絞肉跟剁肉是不一樣的，經過刀剁的肉，多麼有彈性，多麼好吃。那天，他們帶回去的回憶好多好多，這個回憶和吃粗糙速食的過程絕對不同。

•間奏 *2* •

速食所提供的食物，從養殖、栽種，到製造、調理，以及行銷、販售，都採用一系列規格化、工業化的處理，以大量的生產、快速的取得爲手段，爲了投合現代人每天經濟生產的能量需要。在這過程之中，非但壓縮了時間，也壓縮了品質，更壓縮了我們的健康，我們的生活情感，甚至我們的本性良知。在虛幻美麗的速食廣告之下，我們其實並不知道我們正在快速地扼殺什麼？

曾經有法國來的朋友問我：「臺灣人這麼喜歡吃到飽，是因爲吃到飽很難嗎？」法國人沒有人會說自己是狼吞虎嚥的人，而會說自己吃得優雅、很精緻，因爲前者是很丟臉的。

當然不是說一定要吃得精緻，或是不能走進吃到飽的餐廳，重點是你自己要快樂。我在吃到飽餐廳看到一個正在發育的小孩，爸爸叫他吃到飽，說多吃一點才划算，所以孩子就拚命拿，盤子裡的食物堆得跟山一樣，光是水煮蛋就拿了七顆。我想，那個孩子真的被爸爸害死了，他需要一次吃七顆蛋嗎？

如果我們是抱著「多吃一點才划算」的心態，就是物化了。划得來嗎？實際上賠得更多，賠掉孩子的道德，賠掉孩子的味覺，賠掉孩子身體的美。爲了區區幾百塊錢，全部都賠掉了，我覺得非常荒謬。

你可以想像島嶼上的下一代，是用一種「吃到飽」的心態去做爲衡量一切事物的最高標準，他的性、他的倫理、他的婚姻都要「吃到飽」否則不划算，不是很恐怖的一件事嗎？

•間奏 *3*•

所謂「物化」，就是人被物役使，人的價值是以物的經濟價值來
衡量，人的價值甚至甚至不如物的經濟價值。「吃到飽」正是把
物的經濟價值誇大到極限，吞噬人其他更重要的價值，像貪得無
厭的蛇吞象。這種「撈本」的心態，表面是賺得許多，其實是把
人變得不像人，得不償失啊！

如果從最基本的社會道德價值再去衡量，怎麼會讓一個孩子吃成
這樣？應該是教他怎麼吃，才能營養均衡，不是嗎？

自然永續的循環

現在很多人都在檢討，二十世紀因為西方工業革命讓人力干擾自
然，造成污染和危害，所以提倡環保，試圖恢復有機生命狀態。這個
行動是出於「地球只有一個」的觀念，我們不能把所有資源在短時間
內全部用完，應該顧慮到地球甚至整個宇宙的平衡問題。這個認知，
不應該只是一種知識，而要成為一種生活信仰。如果只是知識，就會
導致為了要很快吃到一棵植物或一隻雞，就打生長激素、加農藥，讓
它快速成長，而這個方法是不健康的。

所謂的「有機」就是一切東西都可以再轉化、再延續，而不是一
個速成、絕望的狀態。它可以很安靜、很沉默，卻是源遠流長的。
我們現在常用兩個字「永續」，物質的永續狀態，或是生命的永續狀
態，就是有機。

• 間奏 4 •

大量製造，快速生成，用過即丟，這些都不是「有機」的概念。真正的「有機」是對物質消耗的謹慎，對生命延續的重視。人在世間，固然不能永遠占一席之地，但我們的一舉一動，卻可能深遠地影響下一代，更何況我們對自然資源隨意的揮霍與丟棄，日積月累，可用者愈來愈少，廢棄者愈來愈多，都將會是後代子子孫孫不可承受之重。

我們可能都以為自己知道什麼是有機，就像我以為小時候看到用人的糞尿當肥料，就是有機；後來才知道，因為食物的關係，現代人的糞尿也被汙染了，人的糞便裡可能含有大量的銅。即使是用來當肥料，都不是有機。

十九世紀前，人類還沒遭遇到這麼大的元素失衡問題，這真的是二十世紀以後人類的難題，造成的原因可能牽涉到人口的增加、經濟的發展、工業革命等等，我們會希望在二十一世紀時，能有些調整加以制衡，但還是有很多困難。

這幾十年來，臺灣的經濟有很大的進步，但同時我們對「進步」這兩個字也開始有所懷疑，可能在富裕的同時，土壤壞了、空氣壞了、水壞了，我們付出不小的代價，也讓我們生活在「食物的恐懼」中，不知道究竟吃進去什麼東西。現在有一些人開始提倡「有機」，我想這不只是農業的問題，而是牽連到整個大政策，包括政治、經濟、生活品質等層面，讓我們能做更多反省。

有機是個大理想，不是一下子就能達成，需要大家慢慢去重新反省過去生活裡的很多問題，並從中做一點調整。譬如建立一個觀念，

好的食物即使再貴都要買。吃好的食物，讓身體健康，同時也可以避免產銷不平衡的問題。我常常下鄉觀察到臺灣農業產銷不平衡的問題，大量的蔬果就放在路邊爛掉，看了讓人覺得好傷心。

有心跟有機

還有，要認真看待「吃」這件事。我覺得團團吞棗、大吃大喝，或是隨手抓個漢堡往嘴裡塞，都不夠認真，這樣吃不但吃不出食物的味道，也間接鼓勵了生產食物的人，可以為了求快、求量，忽視品質，會用生長激素去縮短一隻雞的成長時間，或者灑農藥讓菜長得快一點、漂亮一點，卻失去了原本該有的營養。

我的意思，如果你真的在意「吃」這件事，願意去感受食材的新鮮度，願意花費時間去了解一道食物從材料、處理到烹煮上桌的過程，甚至願意用很多道程序去料理一樣食物，你才會知道什麼真正的「有機」。

也唯有如此，你才會體會到食物裡的情感。我們吃東西，不只是求飽，也在消化一份情感，土地的情感、物的情感、人的情感。我們常聽到異鄉工作的遊子，吃到一樣東西，覺得有媽媽的味道，覺得很感動。他吃到的這個味道，不單純食物在料理後的甜或鹹或辣或甘，他吃到的是一份記憶裡的母愛，一股鄉愁。

只有跟土地很接近的人，他會把手中的生命，視為嬰兒一樣，感受到植物的脈動、心跳。作家黃春明在小說中描述他在蘭陽平原農家長大，老祖父會帶著他在田裡頭走，告訴他：你要去聽稻子在長大的聲音。他一直很努力聽，卻聽不到，但祖父是聽得到的，他能聽見到稻子在抽長的聲音。

•間奏5•

古人有所謂「愛物」、「惜物」、「敬物」之說，這並非誇大物
的經濟價值，而是將物視為有生命的個體一樣認真地看待，它
與人的情感融合為一，甚至參與人的生活過程和生命體驗。就如
此處所說的「食物裡的情感」，平凡的食物，在有心人中，可以
聯繫到記憶與情感，或是一份母愛，或是一股鄉愁。所以「愛
物」、「惜物」、「敬物」，實在是為了「愛人」、「惜人」、
「敬人」。一個不會任意糟蹋物的人，自然也不會任意糟蹋自
己，糟蹋其他人。

　　一個能聽見稻子抽長的人，一定知道如何選擇食物，不會為了
「多吃一點才划算」，壞了自己的味覺。

在新食代學會等待

　　飲食的問題這幾年來談了很多，我想這些問題的源頭是現代人需
求太多，太過於急躁了，所有的東西講求速成、大量，為了求方便，
很多事情都不講究了。如此一來，我們失去的不只是味覺，不只是飲
食文化的精緻性，還會失去人與自然之間的平衡。例如為了喝鮮乳，
強迫母牛不斷的懷孕，以分泌乳汁，母牛擠出的乳汁都製成牛奶，那
麼小牛喝什麼呢？

　　就像佛家說的因果循環，最後這些惡果還是會回到人的身上。促
進乳牛產奶的賀爾蒙會造成人體發育過早的不正常現象，肉類裡面
的抗生素會讓人體容易過敏，或是讓體內的病原菌產生抗藥性；而農
藥、化學肥料造成的土地沙漠化現象，糧食問題越來越嚴重。

其實有一段時間，我不太願意去聽這一類的話題，越聽越不知道怎麼活下去，什麼東西都不能吃，水也有問題，空氣也有問題，還會有人告訴你今天最好不要出門，因為紫外線太強。

我想活在那樣的恐懼下是不好的，不健康的，倒不如從正面思考，我們可以做些什麼？

在新「食」代裡，我們是不是可以試著緩下自己的腳步，少吃一點，吃好一點，並且學會等待，我覺得很重要，等待花開、等待果熟，等待一道食物用繁複的手工步驟細心料理。

・間奏 *6*・

生活在現代高速文明的社會，說「等待」是奢侈的，因為我們習慣說「一寸光陰，一寸金」，把時間視為金錢交易，愈能省時，就愈賺錢。但作者提醒我們：學會等待！等待春天讓花開，等待秋天使果熟，等待一個細心的廚師烹調一道精緻料理。這樣的等待，其實便是對生命的謙卑，對造物者的感謝。我們應該放棄予取予求的霸凌者姿態，把時間還給自然，同時也恢復自身做為人的價值。

如果能讓等待變成一種態度，一種心態，它才會成為生活中的信仰，成為我們做為人的新價值。

──本文選自蔣勳：《生活十講》（臺北：聯合文學，2009）。

▌▌主旋律▌ •:—————

　　蔣勳（1947～），出生於西安，父親為福建長樂人，母親出身旗人貴族。三歲時，因為戰亂隨父母遷居來臺，住在臺北市大龍峒附近。當地的廟宇香火鼎盛，酬神的歌仔戲和布袋戲終年不斷，是他接觸本土民間文化的開始。童年蔣勳就在由北至南各種文化交會的刺激與滋養下，走向文學與藝術的人生。

　　中國文化大學藝術研究所畢業後，蔣勳前往法國，進入巴黎大學藝術研究所。在這座自啓蒙運動以來人文思潮薈萃的城市，蔣勳很慶幸能夠親身體驗其中多元活潑的文化氛圍，認定人應該活出自己的價值。回國之後，他從事藝術工作，專注於美學探索，主編雜誌，任教大學，也同時寫作、繪畫、演講、出書，在每個不同領域，無一不精彩傑出，引人注目。近年來，他努力從事民間藝術教育，擔任文藝講座，主持廣播節目，規劃東西方名家畫展等，對普及美學素養貢獻良多。

　　蔣勳寫作範圍極廣，包括詩、小說、散文、美學評論、生活論述……等。他的作品處處顯露深刻的人文關懷與美學思索，意圖喚醒現代人為物質生活焦慮所沉埋的心靈，重新展現生命的活度。他的著作有《此時眾生》、《此生：肉身覺醒》、《少年臺灣》、《島嶼獨白》、《孤獨六講》……等。

　　本文選自《生活十講》，談及臺灣社會的飲食問題，蔣勳說要回到日常的食衣住行，從最基本的生活中談哲理。「新食代」的臺灣社會應該揚棄「速食」與「吃到飽」的惡習，體會食物裡的情感，學習等待的態度，才算是吃得好、吃得有品味的「有機生活」，免於食物污染的恐懼，也免於物化的危險。

▊協奏曲 •━━━━━━━━━━━━━━━━━

「有機生活」臉書

蔣勳在〈新食代〉中，藉由吃這件事引發出「有機生活」的概念。不禁令我們思考平日的飲食生活中，是不是也流於倉促，流於物化，沒有善待我們做為人的價值？下列請以照片配合文字的臉書記錄方式，分享你近期食用且印象深刻的一餐，同時檢視自己是否具有〈新食代〉文中提到的「有機生活」？（照片四張，每張須有說明，每則文長100-150字）

人本是大自然的一份子，與大地合為一體，隨心所欲。（圖：潘俊志）

（照片黏貼處，一式四份）

照片說明：

▋｜迴旋曲｜ ·:·———————————————

1. 蔣勳：〈談物化〉，《生活十講》（臺北：聯合文學，2009）。

2. 張讓：〈米飯大事〉，焦桐編《2011飲食文選》（臺北：二魚文化，2012）。

3. 林文月：〈荷葉粉蒸雞〉，《飲膳札記》（臺北：洪範書店，1999）。

4. 黃春明：〈青番公的故事〉，《看海的日子（黃春明作品集1）》（臺北：聯合文學，2009）。

5. 李安（導演）：《飲食男女》（臺灣：中央電影公司，1994電影）。

（兵界勇選編）

傾聽內心野性的呼喚，回歸
真我！（圖：潘俊志）

「生命向前行」

你害怕病痛的折磨嗎？你害怕死亡嗎？你希望活著的人怎樣記住你？

人生終點可否少一點折磨？人死後會去那裡？這是人類共同的期盼與探索。如果可以學會優雅、從容地面對死亡，那麼就會更認真地活著。所選的篇章有：

郭漢辰〈生死一瞬〉，總以為時間還很多，路還很長，可是當無預警的意外災難突然降臨的時候，你該如何自處？為什麼是我？該如何說再見？

劉梓潔〈父後七日〉，大多數人經歷病痛折磨，終於撒手人寰，可以預期的離別之日即將來臨，你還可以微笑告別嗎？還可以優雅地交代自己的身後事嗎？你希望在告別式上，如何讓親友們記住你的美好？

我清楚記得，地震發生時是星期一，我剛從外地值班回來。

凌晨時分，黑夜最濃最烈的時刻，我一個人坐在二樓的客廳看著電視，忽然間，大地劇烈震動，一開始是左右搖晃，後來變成上下跳動，我與房子彷彿坐在迪士尼樂園的雲霄飛車上，剎那間，被強大的力量所震攝在空間中前後衝撞。

不知過了多久，天地才停止搖晃。

我打開電視，看見這場地震在臺灣闖下的大禍，臺北市的大樓像骨牌般被輕易推倒，中部的鄉鎮頓時成為一片殘瓦碎礫，我的心也整個被震碎了。

我打開手機，內心微顫著，逐一打給我摯愛的親人，也就是當面臨天災及生死一瞬間時，心裡首先想到要生死與共的家人。

•間奏 3•

當大地震平靜的時刻，這時候的作者最掛念的對象是血濃於水的原生家人。

地震不只在我們的生命中烙下印記，它更震成了我們這一代的人生風景。

•間奏 4•

作者形容地震已成為我們這一代的「生命風景」，因為這幅風景，不管是國內國外、男女老少，只要有記憶以來目睹過、經歷過，皆會成為難以抹滅、甚難忘懷的畫面。當有感地震瞬時來臨，過去的畫面也將瞬間清晰。

五部曲「生命向前行」選篇一：
郭漢辰〈生死一瞬〉

▌▌奏鳴曲▌ ∙⟩⸺

原來我們這幾十年的生命，全都在大地的震動下，猶如螻蟻般翻滾來去⋯⋯。

∙間奏 *1*∙

前言之處，直接表達在地震來臨的時刻，大地上的我們就像螻蟻一般毫無招架之力，任憑擺盪甚至翻覆。如此的比喻，正說明天災的不可預測與可怕，在這般的天災當中，我們的生命都有著平等的脆弱。

一九九九年九月二十一日，我和妻子結婚的前一年，我們分屬兩個不同的家庭。那年母親剛過世，父親離開人間已一年，家裡只剩我一人，兄弟在外地工作打拚。

∙間奏 *2*∙

文章的開頭，作者簡潔地交代九二一當時的家庭狀況，尚未成親的他，獨自在家裡面對左右上下搖晃跳動的大地震。

　　二○○四年，我和妻子及四歲的女兒，透過電視轉播，目睹了南亞大地震引發的超級海嘯，二十幾萬人的生命，在波瀾起伏的濤天巨浪中瞬間化為雲煙。

　　我的女兒曾經因此害怕走上沙灘，長大後的她每次和我去到海邊，她總是緊張兮兮的說：「爸比，你仔細看喔，看看海水有沒有急速漲潮，如果有，那就是海嘯要來了……。」

　　原本以為這些可怕的自然災害只能夠遠離，沒想到，巨大的天災像傳染病般愈來愈多，不但揮之不去，還一個一個接踵而來。

　　二○○六年十二月二十六日，恆春外海發生了一場百年大地震。那天傍晚，我們在二樓客廳，女兒剛從芭蕾舞班下課，身上穿著可愛小巧的芭蕾舞衣，她正在表演當天學到的新舞步，才翻轉過身，就被瞬間來襲的地震震得趕緊撲向坐在沙發上的母親。

　　照顧阿嬤的外籍傭人，嚇得躲進家裡的大壇木桌下，任我們怎麼叫喊，她就是不肯出來。只有阿嬤可能因為關節疼痛，就一動也不動的安坐在她的太師椅上，好像地震不曾在她的世界來臨過。

　•間奏5•

唯一震不怕的老阿嬤，從年少到年老，震過一場又一場，震得也鎮定了──「人生風景」不過如此。

這些點點滴滴的地震經歷，成了二十一世紀初人們集體記憶的一環。

・間奏 *6*・

天災的記憶富含共世共代的特質，只要活在「那個時間點」的人群，或許忘記發生的年歲，但是對於日期與地名卻不會說錯。每個人的一生中總會經歷過幾次永生難忘的震度，這份數十秒、幾分鐘的震度體驗，卻是一輩子當中和許多人的集體記憶與共同話題。

我們經歷過一場又一場無法預測的震動，才深深了解到，生命隨時都有粉身碎骨的可能。唯有愛，才能保存我們生命的完整。

・間奏 *7*・

作者從每一回突如其來的災禍中，領會唯有「愛」能讓生命保存完整。因為愛的力量，將使得個人與集體的記憶擁有「震不碎」的完整與圓好。因為愛的勇氣，將使得震難當下的人間展現最美善的溫情，撫慰至痛的殘缺。

大陸四川的汶川大地震，發生在二〇〇八年五月。地理上，四川距離臺灣看似遙遠，但在全球資訊發達的年代，任何一個小地方發生天地挪移的大事，世界都將同步震動。

汶川大地震那一天，臺灣是否也有所震動？我早已遺忘。但電視上看到四川的天搖地動，這幾年臺灣人的地震記憶，在那一剎那間，全都一起波濤洶湧被召喚了回來。

電視裡，那個在大地廢墟上不斷呼喊媽媽的男孩；那個背著老婆屍體，騎著摩托車急著要返鄉的老公；在斷垣殘壁裡，拚命搶救生命的救難隊，決定鋸斷受傷者的雙腿，才能把他從死亡的深淵裡救出……。這些人的身影，反覆出現在我的腦海裡。

甚至繼續在我的夢裡上演他們的故事。

• 間奏 *8* •

汶川大地震，即使是四川的浩劫，所有受難、救災、死亡、生還的容顏與身影，早已喚起對岸的我們感同身受：震殤沒有距離，夢裡夢外皆真實。

地震的烙印，一直持續在我們這代人身上，烙下鮮明的生命印記。

二○一○年，我們坐在電影院，走入導演馮小剛電影《唐山大地震》的世界裡。那是三十年前，發生在中國唐山市驚天裂地的一場劇烈天災。地震來襲之前，只見蜻蜓滿天飛舞，接著天際間擴散出一道駭人的紅光，一棟棟樓房就像積木一般瞬間倒塌，彷彿有一雙隱形的手將樓房揉捏擰碎，整個世界霎時化為一片煙塵……。

• 間奏 *9* •

因為在自我生命裡擁有實然的經驗與印象，所以即便是過往的、不曾身處的時地，無須想像已融陷情境，跟隨驚懼、跟隨不安。這種鮮明的臨場感，是屬於過去、現在、未來的生命印記；稍有差異之處，唯有輕與重的分別。

女兒看電影時，一直想從座椅上跳起來往外衝。我連忙告訴她，這只是電影，不要害怕。她卻像上次看完《2012》一樣驚魂未定，害怕某一場大地震帶來了世界末日。我和妻子一直在黑暗中用手撫慰著女兒，告訴女兒：「就算末日來臨，我們也都會陪她。」

「就算有比唐山大地震更強烈的地震來襲，你們也都要一直在身邊陪我喔！」女兒用撒嬌的語氣，想取得我們的承諾。

「不用怕，就算真的天塌下來，爸爸媽媽也都會陪在你身邊……。」

黑夜中，我和妻子一人用一隻手，緊緊握著女兒的雙手，就算大地震來臨，我們也將用彼此的生命取暖，永不害怕末日的突襲！

•間奏*10*•

這個階段的作者，除了文章開頭最掛念的原生家人，已再增加對妻女的繫念；這股繫念更多出了呵護與守護，不再是獨自面對而是真正的「生死與共」。儘管大地震在未來仍會突襲而至，但此處呼應作者前文所言「唯有愛，才能保存我們生命的完整」。

──本文選自郭漢辰：《幸福迎接死亡》（新北市：策馬入林文化事業有限公司，2011）。

▌主旋律 ▌◦╴────

郭漢辰（1965~），出生於屏東，世界新聞專科學校編輯採訪科、國立成功大學臺灣文學所畢業。曾任《臺灣時報》記者、《民生報》特派記者；曾獲多項國內著名文學獎以及第一屆臺灣文學部落格獎。其寫作形式相當豐富多元，包括短篇小說、長篇小說、散文、現代詩、報導文學以及繪本，已出版十多本著作。

郭漢辰曾於演講及文章裡提及，在2002年參加全國黑暗之光文學獎時，以〈黎明〉一文獲得小說金獎，並認識臺灣文學國寶級大老葉石濤先生，深受其鼓勵與影響。之後，葉老成為郭漢辰如父如師的重要長輩，引領他在文學創作的道途勇敢前行。他曾說過這麼一段話：「寫作是一條漫漫長路，有時得獎，像是滿天煙火，繽紛美麗但極其短暫，大部分時間，創作者都要迷陷在無邊無際的黑暗中，像盲人般地碰壁探索，在千萬雜亂中，企圖雕寫出一片壯美的文學天地」。

本篇課文選自郭漢辰《幸福迎接死亡》一書。寫作這本書的初衷，來自二十年前，有算命先生告知他活不過「47歲」，所以他在46歲時，寫了這本書——當作生命的最後一年，與大家分享最末的生命四季與一生中須完成的二十八件事。誠然，郭漢辰依舊健在，也依然用認真的態度過著「可能是最後一天」的每一日。〈生死一瞬〉旨在敘寫面對數個可怖的大地震所帶來的震撼，闡發對於家人生死與共的濃厚情誼；全文娓娓讀來，親情間相互的珍惜摯情表露無遺。

▌協奏曲 ▌◦╴────

閱讀〈生死一瞬〉後，同學是否想起親身經歷過最難忘的天災？

記得那時候閃過腦海的念頭是什麼嗎？

　　每一次的災難，我們都不曉得它何時想來。很幸運的，我們活到了今天，此時此刻。但是，下一秒、下一日、下一個月月年年，卻有著無數不得而知的天災。

　　當然，我們不必恐懼它的到來，畢竟眼前十分平靜美好。不過，如果我們都能做好一些準備，心靈上必然更為安定，遺憾也將減到最少最少。

　　這時候，請您帶著「寧靜」的心情，用一種充滿「珍惜」的心境，寫下這封做好準備的信件。

繽紛的顏色，代表各種不同的意象，有平靜有翻騰、有暖陽也有風暴。（圖：謝穎怡〈繽紛意象〉）

【寫信給另一個世界的自己】學習單

如果，我即將遠行到另一個世界，

我會想寫下那些話，投遞給那個世界的自己？

TO：另一個世界的自己

▌|迴旋曲| ⟡

1. 簡媜：〈秋殤〉，《天涯海角：福爾摩沙抒情誌》（臺北：聯合文學，2002）。

2. 李魁賢：〈山在哭〉，《黃昏時刻》（臺北：秀威資訊，2010）。

3. 王政忠：《老師，你會不會回來》（臺北：時報文化出版社，2011）。

4. 芭雅·巴卡莉、歐馬·昆度（NathalieAbi-ezzi、Omar Guendouz）著、李淑寧譯：《奇蹟女孩》（臺北：馥林文化，2011）。

5. 茱莉安·柯普科（Juliane Koepcke）著、林資香譯：《希望之翼：倖存的奇蹟，以及雨林與我的故事》（臺北：橡樹林文化，2013）。

6. 馮小剛（導演）：《唐山大地震》（臺北：得利影視股份有限公司，2010電影）。

（廖憶榕選編）

這是雨過天晴的景象，任何的景物都煥然一新，充滿清新的氣息。（圖：謝穎怡〈一派和諧〉）

五部曲「生命向前行」選篇二：
劉梓潔〈父後七日〉（節選）

▌▌奏鳴曲▌ •ᐟ

今嘛你的身軀攏總好了，無傷無痕，無病無煞，親像少年時欲去打拚。

葬儀社的土公仔虔敬地，對你深深地鞠了一個躬。

這是第一日。

‥‥‥‥‥‥‥‥‥‥‥‥‥（以下選文略）

•間奏 *1* •

作者以葬儀社人員對父親恭敬且沉穩的「臺語說詞」，作為平靜的開頭。事實上，這句說詞，是觸動作者行文的主因。劉梓潔在「作家撒野·文學迴鄉 2011系列講座」的演講中，她提及：「其實真正觸動我去寫〈父後七日〉這篇文章的，是當葬儀社的人員幫爸爸換好衣服後，道士穿著五顏六色的道袍進來，拉開布簾，非常虔敬地對爸爸鞠了躬，然後用文雅的臺語對他說：『今嘛你的身軀攏總好了，無傷無痕，無病無煞，親像少年時欲去打拚。』讓我非常震撼。因為我是讀臺文所的，我以為在學術殿堂裡，才能夠讀到這麼文雅的臺語，沒想到在鄉下、在我出生長大的窮鄉僻壤，從一個看起來粗獷、感覺沒讀過什麼書的道士口

中，竟然能用這麼莊重的語氣，念出這麼典雅的一串，像漢詩一般的文句。雖然那時我正跪在旁邊，可是我心裡一直想把這句話記下來。當晚燒腳尾錢的時候，我拿了日曆紙，把它寫了下來。那時候我想，如果日後我要把這些過程寫成文章，這句話將會是整篇文章的開頭。後來它果真成了〈父後七日〉那篇散文的開頭，也是電影正片開始的第一句臺詞。」

上車後，救護車司機平板的聲音問：小姐你家是拜佛祖還是信耶穌的？我會意不過來，司機更直白一點：你家有沒有拿香拜拜啦？我僵硬點頭。司機倏地把一張卡帶翻面推進音響，南無阿彌陀佛南無阿彌陀佛南無阿彌陀佛南無阿彌陀佛。

那另一面是什麼？難道哈利路亞哈利路亞哈利路亞哈利路亞？！我知道我人生最最荒謬的一趟旅程已經啟動。

……………………………（以下選文略）

• 間 奏 2 •

本文為「節選」，全文請參閱《父後七日》一書。
下表為父後七日期間所啟動最荒謬的旅程：

父後七日	主要工作	作者心情剖析
第一日	從醫院搭救護車送父親回家斷氣、燒腳尾錢、弔唁	作者面對即將逝去的父親，是以一種極冷靜的狀態，敘寫從醫院回到家裡的路程上，她所觀察且疑問的現象；並且伴隨父親的「冷笑話」，為這條歸程增添父女相互調侃的回憶。緊接著看時拔管斷氣、摺腳尾錢、輪班守靈的每一事況，作者的筆調依然冷靜且帶有淡淡的詼諧。直至阿彬叔叔前來弔唁，「以菸代香」陪作者無禁無忌的父親善盡菸友的身分，為父後的第一日畫下句點。

第二日	校對訃聞、指板、迎棺、乞水	作者在這當中提出穿著問題、哭或不哭的問號，以及訴說每回如慌亂臨演披麻帶孝號哭的情景，引領讀者自然地感受倉促成軍、忙中有錯的步調，淡化這些本來哀痛的工作。
第三日	入殮	第三日，是屬於「最後一面」的記錄。作者從入殮的場景，回想何時見到父親健在的最後一面，並回想與父親最後一句的對話。藉由述及父親於加護房最後的日子、母親「未得」與護士「意外獲得」最後一語的對比，作者的悲傷正漸漸醞釀。
第四日至第六日	誦經、挑選父親告別式的生活照、搬罐頭塔、三班制輪班	挑照片與搬罐頭塔的過程，都充滿戲劇性的張力：挑照片的結果皆大歡喜，搬罐頭塔的結果大家護頭逃命。而龐大的公關團，從呼天搶地到平靜摺蓮花的起伏，其實點出作者逐漸感覺的疲累；這份身與心的疲累，於守靈的最後一夜，在富含雙關意味的「靠北」笑聲中宣洩而出！
第七日	送葬、家祭、公祭、扶棺護柩、火化	藉由長女撐黑傘的護靈責任、告別式會場紋白蝶的盤旋，作者終於開始面對父親的去世，開始想要尋找父親「可能回來」的絲毫身影。最終，在火化場的心境，「隨佛去」是無可替代的寄託，化作喪禮最後一日的句點。

第八日。我們非常努力地把屋子恢復原狀，甚至習俗中說要移位的床，我們都只是抽掉涼席換上床包。

•間奏3•

第八日之後，已經是「父後七日」以外的記錄，脫離喪禮回到現實。然而，最濃的思父之情卻由此時往後無限延伸。從「只是抽掉涼蓆換上床包」、提議去父親愛吃的店家，都顯示著想要保留、溫習父親的過往。接著，合資簽起六合彩所討論的數字，更是透出一家人對死者的難以忘懷。作者帶著彩金回到工作的城市，希望對「父後」的感受是輕盈、輕浮的，甚至輕到忘記這件事；然而，在毫無斷句的敘述（「輕浮到我和幾個好久不見……告訴他們」），以及入境前想為父親買條黃長壽的潛意識動作裡，代表作者實際上體會著「生命中最不可承受之重」。

有人提議說，去你最愛去的那家牛排簡餐狂吃肉（我們已經七天沒吃肉）。有人提議去唱好樂迪。但最終，我們買了一份蘋果日報與一份壹週刊。各臥一角沙發，翻看了一日，邊看邊討論哪裡好吃好玩好腥羶。

我們打算更輕盈一點，便合資簽起六合彩。08。16。17。35。41。

農曆八月十六日，十七點三十五分，你斷氣。四十一，是送到火化場時，你排隊的號碼。

（那一日有整整八十具在排。）

開獎了，17、35 中了，你斷氣的時間。賭資六百元（你的反服父、護喪妻、胞妹、孝男、兩個孝女共計六人每人出一百），彩金共

計四千五百多元，平分。組頭阿叔當天就把錢用紅包袋裝好送來了。他說，臺彩特別號是53咧。大家拍大腿懊悔，怎沒想到要簽？！可能，潛意識裡，五十三，對我們還是太難接受的數字，我們太不願意再記起，你走的時候，只是五十三歲。

我帶著我的那一份彩金，從此脫隊，回到我自己的城市。

有時候我希望它更輕更輕。不只輕盈最好是輕浮。輕浮到我和幾個好久不見的大學死黨終於在搖滾樂震天價響的酒吧相遇我就著半昏茫的酒意把頭靠在他們其中一人的肩膀上往外吐出煙圈順便好像只是想到什麼的告訴他們。

欸，忘了跟你們說，我爸掛了。

他們之中可能有幾個人來過家裡玩，吃過你買回來的小吃名產。所以會有人彈起來又驚訝又心疼地跟我說你怎麼都不說我們都不知道？

我會告訴他們，沒關係，我也經常忘記。

是的。我經常忘記。

於是它又經常不知不覺地變得很重。重到父後某月某日，我坐在香港飛往東京的班機上，看著空服員推著免稅菸酒走過，下意識提醒自己，回到臺灣入境前記得給你買一條黃長壽。

這個半秒鐘的念頭，讓我足足哭了一個半小時。直到繫緊安全帶的燈亮起，直到機長室廣播響起，傳出的聲音，彷彿是你。

你說：請收拾好您的情緒，我們即將降落。

•間奏 4•

文末書寫哭泣一個半小時至飛機即將降落的幾行文字間,將憶念
父親的深摯親情帶到最高潮。

──本文選自劉梓潔:《父後七日》(臺北:寶瓶文化事業有限公司,2010)。

望著遍地花草,女孩充滿思念,更想找尋熟悉的回
憶。(圖:謝穎怡〈尋念〉)

■┃主旋律┃‧◦─────

　　劉梓潔（1980~），出生於彰化田尾，臺灣師範大學社教系新聞
組畢業、清華大學臺灣文學所肄業。曾任《誠品好讀》編輯、琉璃工
房文案，以及中國時報開卷週報記者。曾獲聯合文學小說新人獎、林
榮三文學獎散文首獎、臺北電影節最佳編劇、金馬獎最佳改編劇本。
目前，兼具作家與導演的身分，用其獨到的視角與跳躍的靈感，展現
新世代的創作風貌。

　　劉梓潔〈父後七日〉一文，2006年於林榮三文學獎令眾多評審激
賞。陳芳明認為：「〈父後七日〉突破許多禁忌，而終於開闢了一
個全新版圖」，指出劉不但突破散文的形式，也有文字與感情上的突
破；顏崑陽亦評論：「能從亂彩繽紛中看到原色，從眾聲喧嘩中聽見
寂靜。她的散文既不巴哈，也不蕭邦，而很伍佰──活潑潑的臺灣搖
滾樂」。之後，導演王育麟邀劉共同執導同名電影「父後七日」並擔
任編劇，2010年終於上檔，為國片票房開出耀眼的成績，感動無數人
心。蔡逸君便讚嘆：「這是少有作者的首部作品能夠綻放如此精湛的
光芒」。

　　〈父後七日〉一文，乃劉梓潔於喪父翌年，幾經沉澱與提筆，方
完成的作品。全文用類於旁觀者的第一人稱，融合國語、閩南語、
雅俗相兼的文字，使用大量括號的內心話以及不含引號的引述，敘寫
出溫馨中有傷感、和諧中有衝突、戲謔中有真懷的親情散文。此篇創
作，劉梓潔以幽默略帶荒謬的筆調，顛覆傳統對於喪禮的沉重表述；
主題雖圍繞喪禮，卻生動寫出喪事背後的親情網絡、最道地的文化禮
俗。如此的文風，亦提供讀者看待死亡議題的新思維。

██|協奏曲| ⫶━━━━━━━━

　　在劉梓潔「父後七日」的文章與電影裡，我們看到她用顛覆傳統的筆調與風格，將沉重的身後事寫得、拍得很戲劇性。在笑聲的背後，卻處處發人深省。看著這位「很伍佰」的導演作家所呈現的作品，您是不是能有更伍佰或超越伍佰的想法呢？

　　你覺得理想中的「身後事」，想要以什麼風格呈現？怎麼佈置呢？想要親友如何獻上祝福？最完美的形式與歸宿，終極決定是……

每個人的心中都有大樹，很多的大樹便會成為最茂盛的樹林，讓人感到安全、受到保護，就像爸爸給孩子的感覺一樣。（圖：謝穎怡〈樹林屏障〉）

【理想中的「身後事」~If it about me】學習單

(1)理想中的「身後事」，If it about me，想要的風格是……

例如：

想要用哪一種色系？還是混搭風？

想要擺上哪些深愛的東西？

想要播放哪些最愛的歌曲？

最後的美/帥照，想選擇什麼款式的照片？

想預錄「真情表白」與「真心話大冒險」，這些話可能對誰說？

(2)理想中的「身後事」，期待親友如何獻上祝福？

例如：

來參加的親友，需如何打扮？

希望親友獻上大合唱的歌曲是哪一首？

希望親友在我的靈前，用什麼姿態向我告別？

(3)理想中的「身後事」，最完美的形式與歸宿，終極決定是……

例如：

想選擇浪漫的海葬，因為……

想選擇環保的樹葬，因為……

想住在第一次攻頂的那座山，因為……

請開始發揮天馬行空的想像力，設計理想中獨一無二的「身後事」……

▉| 迴旋曲 | ·◦────────────────────

1. 黃春明：〈國峻不回來吃飯〉，陳義芝主編：《2004年臺灣詩選》
   （臺北：二魚文化，2005）。

2. 王溢嘉：〈狂亂震顫的一刻〉，《實習醫師手記》（臺北：野鵝出
   版社，1989）。

3. 陳義芝：〈為了下一次的重逢〉，《為了下一次的重逢》（臺北：
   九歌出版社，2006）。

4. 賴鈺婷：〈臨摹我父〉，沈惠芳主編：《親情之旅》（臺北：幼獅
   文化，2008）。

5. 米奇‧艾爾邦（Mitch Albom）著、白裕承譯：《最後14堂星期二
   的課》（臺北：大塊文化，1998）。

6. 瀧田洋二郎（導演）：《送行者：禮儀師的樂章》（新北市：臺聖
   多媒體股份有限公司，2009電影）。

（廖憶榕選編）

編輯人員簡介

主編：
　　閱讀書寫課程教材編寫團隊

編輯團隊教師群：（按姓氏筆畫順序排列）
　　王惠鈴、兵界勇、陳鍾琇、廖憶榕、謝瑞隆

計畫主持人：
　　陳鍾琇

顧問：
　　蕭蕭（蕭水順）、羅文玲

封面設計：
　　謝穎怡、廖憶榕

圖片繪製／攝影：
　　謝穎怡、潘坤松、潘俊志、陳鍾琇

教學助理：
　　林昆生、劉柏宏、蘇祥澤

行政助理：
　　高秋如、周玟瑜

國家圖書館出版品預行編目(CIP)資料

文學與生命的交響樂章 ／閱讀書寫課程教材
  編寫團隊主編. -- 初版. -- 臺北市 ： 萬
  卷樓, 2013.09
  面 ；　公分. --（文化生活叢書）
ISBN 978-957-739-814-7（平裝）
1.國文科 2.讀本

         836   102017443

文學與生命的交響樂章

2013 年 9 月 初版 平裝

ISBN 978-957-739-814-7　　　　　　　　　定價：新台幣 **260** 元

主　　編	閱讀書寫課程	出 版 者	萬卷樓圖書股份有限公司
	教材編寫團隊	編輯部地址	106 臺北市羅斯福路二段 41 號
發 行 人	陳滿銘		9 樓之 4
總 編 輯	陳滿銘	電話	02-23216565
副總編輯	張晏瑞	傳真	02-23218698
編　　輯	吳家嘉	電郵	editor@wanjuan.com.tw
編　　輯	游依玲	發行所地址	106 臺北市羅斯福路二段 41 號
封面設計	斐類設計		6 樓之 3
		電話	02-23216565
		傳真	02-23944113
	印 刷 者	晟齊實業有限公司	

如有缺頁、破損、倒裝　　　網 路 書 店　　www.wanjuan.com.tw
請寄回更換　　　　　　　　劃 撥 帳 號　　15624015

萬卷樓新書推薦

0100 萬卷樓工具書

臺灣圖書出版年表（1912-2010）

邱各容　　566頁／18開／NT$980元

本書起訖時間為一九一二～二○一○年為止，跨越民國時期與日治時期，勾勒出近百年來臺灣圖書出版發展脈絡。並紀錄臺灣近百年圖書出版發展過程中重要相關人物、事件、出版品，除了提供相關領域的學者做為學術研究之重要參考外，更希望透過本書，做為學者將來撰寫臺灣出版史的粗胚，可說是近百年臺灣圖書出版的縮影。

0201 通識教育叢書・治學方法叢刊

學術論文寫作指引（文科適用）（第二版）

林慶彰　　439頁／18開／NT$480元

《學術論文寫作指引》一書，出版已十五年。期間使中文學界凌亂不一的中文論文寫作格式，有了可以遵循的規則。對研究方法有很大貢獻。本書在過去的基礎上，修正部分內容又加入了資料庫以及最新的科研資料，是學術研究必備的案頭書！另附有主要圖書分類法綱目表、學術論文舉例、研究計畫舉例、拼音對照表、簡繁體字對照表等，供讀者參考使用。

0202 通識教育叢書・通識課程叢刊

唐宋詩舉要精選今注

傅武光主編　　683頁／18開／NT$780元

本書根據高步瀛《唐宋詩舉要》而加以精選，並為之作深入淺出的注解。由各大學中文系名教授與名家執筆。高步瀛為桐城派大師吳汝綸弟子，所撰《唐宋詩舉要》素負盛名，現為各大學中文系採用詩學教材。但份量太多，且採「注出處」的方式注解，又使用古文做注，不便初學。本書從中精選三七一首，改以白話文作注，明白易懂，不論是教、學都十分方便。

0301 東亞民俗學稀見文獻彙編

第一輯　韓國漢籍民俗叢書

萬卷樓叢書編輯委員會　　十二冊／18 開／NT$24000 元

本套書據婁子匡東方文化供應社版重新整理出版，保存韓國先哲精心撰著的漢文文獻、紀錄韓國民俗傳統、提供全球研究中韓關係的學人民俗學相關資料，蒐羅俱有中韓血緣、地緣關係的民俗學文獻。原書以中文語系刊刻出版，是一套研究中韓關係、中韓民俗學人不可或缺之工具書。

0302 民國時期稀見期刊彙編

第一輯　臺北帝國大學研究年報

林慶彰總策畫　　三十冊／18 開／NT$75000 元

本套書曾收錄入婁子匡主編《景印中國期刊五十種》中，共三十冊。今由萬卷樓圖書公司重新整理、景印出版，收入本叢書。從《年報》中，可了解日治時期臺灣學術風氣、學說理論、社會風情等，為研究二戰時期東南亞人文研究、臺灣學術思潮、日本學人在臺及東南亞研究之重要工具書。

0500 經學研究叢書

歸○解易十六講

廖慶六　　257 頁／18 開／NT$320 元

本書透過科學性的研究方法，對各卦經文內容進行注釋與考證。打開經典研究之新視野，除了引用上古史料，參考近年出土文獻外，還將臺灣話列為考訂上古文字「形、音、義」的必要工具，屢屢提出創見；其中的新事證與新觀點，對於開啟《易經》文字與內容的研究，定能有所助益。

現代學術視域中的民國經學
以課程、學風與機制為主要觀照點

車行健　　258 頁／18 開／NT$320 元

本書嘗試以現代學術視域來觀察民國以來的經學發展，集中在課程、學風與學術機制三個面向，對經學的未來走向及定位做較深入的省思。

宋元明清四書學編年

周春健　　356 頁／18 開／NT$480 元

本書按照時代順序，逐次考證宋元明清四書學史上的代表性事件、人物、著述，實際是一部「編年體」的「四書學通史」。

經史散論
從現代到古典

周春健　　310 頁／18 開／NT$400 元

本書有屬於「經」的方面、屬於「史」的方面、最後二篇，則是將「經史」乃至「四部」之學放到一起討論，帶有一些綜合性質。

尚書周書牧誓洪範金縢呂刑篇義證

程元敏　　437 頁／18 開／NT$600 元

本書作者程元敏教授曩從屈先生受業，恭讀屈先生書，粗識治書門徑。又因鄞縣戴先生靜山指點，略涉宋儒之書。嘗有志撰作一書，詳解《尚書》全經，擬其題曰「尚書義證」，以補前修之未備，發皇《書》經之奧義。

韓國朝鮮時期詩經學研究

金秀炅　　　　280 頁／18 開／NT$360 元

《詩經》為中國重要經典之一，對後代造成極大的影響，對友邦韓國亦是。韓國歷史中，朝鮮時期是關注儒學的頂峰時期，本書以此時期為基底，以東亞詩經學為範疇，勾勒出韓國詩經學的全貌，為研究經學者開創經學史上另一面貌。

日本詩經學史

張文朝　　　　514 頁／18 開／NT$560 元

本書以日本的詩經學為研究對象，討論《詩經》自流傳入日本後，如何被接受及發展。各時代關於《詩經》的書籍，是在何時、經由何人傳入日本、以及使用的方法等，並以政治、教育、文學等項目進行畫分、討論。還統計分析現存關於《詩經》的書籍資料，並詳細記錄，使《詩經》在日本的傳播情形更加明確。

中國經學研究的新視野

林慶彰　　　　232 頁／18 開／NT$360 元　榮登中央研究院重要研究成果專刊

本書收錄十篇論文，是林慶彰教授近二十年來研究經學的論文選集。每篇論文均處理到目前為止，還未有學者研究的經學問題，卓具前瞻與創見。由於本書有開拓視野的作用，所以命名為「中國經學研究的新視野」。本書榮登中央研究院重要研究成果專刊。

文革時期評朱熹

林慶彰、姜廣輝主編　　　全二冊／共 953 頁／18 開／1200 元

在文革時期有兩個儒家人物落難了，一位是所謂的「孔老二」，一位是「可惡的朱熹」。一九八〇年以來，孔老二逐漸變成偉大的思想家，朱熹的會議在國內外開過十多次，可想而知朱熹也被平反了。本書收集文革時期批判朱熹的專書四種，報刊文章九十多篇，反映了當時批朱的全部面貌。

義疏學衰亡史論

喬秀岩　　　　288 頁／18 開／360 元

作者分析《論語義疏》、《禮記子本疏義》、《周禮疏》、《儀禮疏》、《禮記疏》，討論南北朝舊義疏學的基本方法；分析《書》、《詩》、《春秋》疏及《孝經述議》，討論劉炫、劉焯與舊義疏學截然不同的學術方法。根據這些分析討論，介紹劉炫、劉焯摧毀舊義疏學的實際情況，又論孔穎達、賈公彥等在劉炫、劉焯的強烈影響下，只能因襲舊義疏進行小調整而已。本書在義疏學研究上有突破性的發現！

北京讀經說記

喬秀岩　　　308 頁／18 開／400 元

本書收錄作者自二〇〇四年至二〇一二年八年之間在北京所寫有關經學史、經學文獻的文章共十七篇。八年時間，作者的主要時間都投入到整理文獻的工作上，而在這過程中，也沒忘記思考「經學是什麼？」的問題。本書收錄文章，代表作者這段時間的研究成果與重大發現！尤其是在鄭玄的研究方面！

0502 ▎ 經學研究叢書·臺灣高等經學研討論集叢刊

首屆國際《尚書》學學術研討會論文集

林慶彰、錢宗武編　　　575 頁／18 開／NT$760 元

本書前兩組是會議致辭和會議主題發言。其餘為臺灣、大陸兩岸學者的《尚書》學的研討論文，是兩岸緊密合作的第一本《尚書》學論文集。

正統與流派　　歷代儒家經典之轉變

林慶彰、蘇費翔主編　　　656 頁／18 開／NT$920 元

本書為中央研究院中國文哲研究所和德國慕尼黑大學漢學系合作舉辦「正統與流派──歷代儒家經典之轉變」國際學術會議的論文集。計收中英文論文二十二篇，內容包括各代經學史問題的探討。包含中文、英文論文，各篇論文都有作者自己的觀點，足供研究經學與經學史之學者參考之用，本書更具體呈現海內外學者對儒家經典研究的新看法和新見解。

0503 ▎ 西方學者詮釋中國經典叢書

孔子之前：中國經典誕生的研究

夏含夷　　　230 頁／18 開／NT$300 元

本書收錄八篇專論，通過古文字新證與歷代注釋細讀等多元方式，探討《周易》、《尚書》、《詩經》、《逸周書》、《竹書紀年》等典籍如何被寫成？什麼原因被寫成？在原初語境有何意義？在往後歷史中，又如何因晚出的哲學觀點而遭到改寫或遮蔽？作者藉由嶄新的研究視野和考古學的證據，提出新的觀點，重新審視古代典籍的創作緣由與流傳過程。

北宋黨爭與文禍學禁之關係研究

涂美雲　　　520 頁／18 開／NT$460 元

本文以「烏臺詩案」、「車蓋亭詩案」、「蘇軾策題之謗」、「元祐黨禍與元祐學禁」為例，探討新、舊兩黨在更迭執政時期，所刻意釀製的「文字之禍」與「學術禁錮」，嘗試說明士人的學術文字，在宋代政治黨爭中，如何被當作排除異己的工具。

邦計貨殖
中國經濟的結構與變遷　全漢昇先生百歲誕辰紀念論文集

廖伯源主編　　　524 頁／18 開／NT$680 元

中國經濟史巨擘全漢昇院士誕生一百周年，為紀念此日子，編委會邀請了世界著名經濟史學家撰文紀念，並彙集成論文集。本書內容涵蓋漢代至現代的經濟結構及發展，豐富而廣泛，皆為一時之選，甚具創見，且並從未公開發表。

聚斂謀國：南宋總領所研究

雷家聖　　　265 頁／18 開／NT$340 元

本書內容著重研究南宋的總領所，這只是一個地方理財機構，但關係到南宋的國防，甚至內政、外交和紙幣流通，該著中都有詳細的討論，所徵引的史料甚為廣博，討論明白，是極有意義的。本專著末附總領年表，前後對觀，十分方便。另有附錄兩篇書評及一篇介紹民國以來對宋代人物的研究，都具有十足的參考價值。

東漢史事述論叢稿

李學銘　　　315 頁／18 開／NT$460 元

本書共收論文十一篇，內容有外戚勢力消長的剖析，有人物遭際的評說，有集議制度的探討，有《女誡》內涵的闡釋，有范書史文的考辨，全部屬東漢史的範圍。立論所據，大多為常見常用的書籍和資料，沒有刻意引用特別難得的珍本、異書；對前人或時賢之見偶有辨疑、訂正或補充，則力求有言而有據，不作疏闊無根之論。本書應可為有興趣研讀東漢史事的讀者，提供一些有用的參考或啟發。

0701 | 哲學研究叢書・學術思想叢刊

孟子詮釋思想研究

李 凱　　328 頁／18 開／NT$420 元

該著立足於現代學術視野，充分吸收前人與當代學術研究成果，以史料與邏輯相統一為方法，就孟子詮釋思想的本體義、方法義以及運用義等進行說明和剖析。其著上通孔子、下貫荀子、橫比莊周，更好地把握與衡定孟子詮釋思想的意義。

唐宋學術思想論集

明道大學中國文學系編　　595 頁／25 開／NT$520 元

本書收錄明道大學「唐宋學術思想國際研討會」十五篇文章。會議中所發表的論文，會後經發表者與評論人交互研討之後，修訂檢討交付專家審查，以審慎謹嚴的態度集結成書，並名之為《唐宋學術思想研究論集》，以彰顯學術研討會的具體成果，亦以茲作為明道大學中文系暨國學所唐宋學研究叢書系列的第三部重要著作。

0800 | 文學研究叢書

古典與現代

余崇生　　255 頁／18 開／NT$300 元

從閱讀到積澱、再由書寫表達，本集選錄了有關古典與現代詩文方面的論文，彙為二輯，共二十篇。我國歷史悠久，內容豐贍，從中汲取養份，融匯鑄新，為治學之途徑。本集文章為古今詩文之專題探討文字，雖長短不一，但內容精審踏實，理路暢達，見解新穎，值得讀者細嚼賞讀。

足音集
文學記憶・紀行・電影

許俊雅　　　345 頁／18 開／NT$480 元

本書分三輯討論文學中的記憶、紀行、電影與書評，輯一著重以國外作家之作品與臺灣作家進行文本之詮釋與比較，輯二以日治臺灣期刊雜誌史料為重點，並評述呂赫若研究的回顧與前瞻及臺灣小說的二戰經驗書寫。輯三以電影、上海與臺灣文學的交涉為主。內容多元，時空跨越幅度大，對日受重視的東亞學及比較文學，極具參考價值。

勞思光韋齋詩存述解新編

王隆升主編　　　493 頁／18 開／NT$660 元

本書針對勞思光先生之詩歌創作進行述解、補續、輯佚與補述等工作。勞思光先生之詩歌，內容精深且用典豐富，本書對於詩作文本進行爬梳與釐清文字，有助於學界研究現當代古典詩使用資料，進而顯發學術研究價值。

0801 ▌文學研究叢書・文學理論叢刊

比較文學・現代詩

古添洪　　　268 頁／18 開／NT$340 元

書中評論了法國派與美國派的得失，並提出了闡發法作為中西的交會與發聲。以亞里斯多德以來的戲劇理論，呈現元代悲劇與喜劇的面貌。現代詩部分可說是比較文學的視野延續。寫實心態與即物手法傳統的再認，有助於對臺灣現代詩面貌的掌握。

行旅・地誌・社會記憶
王士性紀遊書寫探論

范宜如　　　　345 頁／18 開／NT$460 元臺灣師大一〇一年度學術專書獎助

王士性在仕宦與世情之網中跨越了大地山川，演繹日常生活及地理想像；以依違於紀實之筆與抒情之眼的文學表述，開展多重而豐富的文化視野。透過本書之考察與抉發，可重新審視明代「遊的文學史」，還原王士性一個獨特的位置。

紅樓夢子弟書賞讀

林均珈　　　　476 頁／18 開／NT$660 元

子弟書，就音樂來論，它是一種節奏明快、情深意濃的說唱表演藝術。而現存《紅樓夢》子弟書的故事類別，包括：寶黛故事、劉姥姥故事、晴雯故事、薛寶釵故事、花襲人故事、齡官故事、史湘雲故事、妙玉故事以及柳五兒等故事，值得我們從美學的角度來加以探討。

紅樓夢子弟書研究

林均珈　　　　421 頁／18 開／NT$580 元

《紅樓夢》子弟書即是根據《紅樓夢》小說故事所改編的一種滿族說唱曲藝，正因為《紅樓夢》具有高度的文化水平，故《紅樓夢》子弟書在現存五百多種子弟書中，它的文學價值、藝術成就也是最高的。

西遊記主題接受史研究

陳俊宏　　　　181 頁／18 開／NT$260 元

本書以明清至二十世紀末這段時間對於西遊記主題的接受作為研究對象。每個讀者在閱讀一部書後，通常都會思考這部書想要表達的內容是甚麼，而有的會將感想形諸文字，成為評論。筆者將研究對象鎖定於能清楚表現歷代讀者對於西遊記主題接受上的評論文字，做一整理爬梳。

賦寫帝國
唐賦創作的文化情境與書寫意涵

吳儀鳳　　　292 頁／18 開／NT$400 元

本書作者跳脫以往，不以主題式的寫作方向，改採「帝國書寫」角度重新解讀唐賦，讓讀者一窺看到大唐盛世的景象。如四夷對大唐的賓服、大唐舉行典禮節慶及國際交流中呈現出的繁榮景象，這些都是在文人抒情言志賦中看不見的面向。

0804 ┃ 文學研究叢書・古典詩學叢刊

金末遺臣李俊民與楊宏道詩學考察

林宜陵　　　520 頁／18 開／NT$520 元

本書藉由考察金代遺臣李俊民與楊宏道的詩學表現，了解二人如何承繼中原傳統文化與詩學，為明清復古開啟承先啟後之門。藉由瞭解二人的生平事蹟及分析二人的詩學作品，考察二人對於傳統文化的傳承軌跡，深入比較分析。有助於教導學子，如何從閱讀前人作品中汲取精華。

李白詩歌海意象

陳宣諭　　　572 頁／18 開／NT$600 元

本書為國內首部跨時間與空間之海意象古典詩學研究成果，全面考察李白詩歌中所有各大類意象群詞彙外，並考察從先秦到唐代所有「海」字入詩作品。書中以數首深具代表性作品，藉由「海」延伸出「第四度空間」超現實的創作方式，窺視絢麗海洋文學的心靈世界。

杜詩繫年考論

蔡志超　　　474 頁／18 開／NT$460 元

本文以考據論述作為研究方法，嘗試考論杜甫詩歌之繫年，略及詩歌創作地點，糾考杜詩繫年之訛謬，並依創作之年月地點編排杜詩，考訂糾謬；藉由杜詩時地之約略排纂，鉤稽杜甫生平若干重要之行迹；從而編次杜甫年譜簡表，附於書末。

將心託鴻爪，到處一留痕
黃景仁交遊考

程光敏　　　216 頁／18 開／NT$320 元

乾隆年間，若要數性格最鮮明的詩人，黃景仁絕對當之無愧。黃景仁的名篇佳句，雖使他贏得籍籍詩名，但他的性格，卻把自己入仕之途堵住了。本書嘗試從他的交遊取向了解他的心態，進一步分析他這種心態對他前途的負面影響。

古典詩詞選講

張叔言、張江暉　　　314 頁／18 開／NT$460 元

本書講述中國古典詩詞六〇首，從全新的觀點與角度進行分析探討，舊題新解，有感而發。並引證翔實，一一注明出處，資料豐富。講析後多附有相關古詩詞，並作簡注，提供讀者豐富的閱讀資料。對於中小學教師、中文系學生，有高度的參考價值。並適合作為中學生讀者課外參考讀物。

元好問〈論詩三十首〉研究（修訂本）

方滿錦　　　383 頁／18 開／NT$460 元

元好問的〈論詩三十首〉在中國詩學批評史上佔有崇高的地位。作者剖析了近世中、港、臺及海外地區的學者研究〈論詩三十首〉的概況及成就，並深入分析其成詩年代、編次失序之因及其文學性。〈論詩三十首〉在釋義方面，爭議之處頗多，作者通過審慎的研判，作出中肯的結論。至於〈論詩三十首〉對後世的影響，本書提供了相關資料，以供考參考。

李白紀遊詩時空美學

黃麗容　　　528 頁／18 開／NT$520 元

這是一本跨越科際的文學研究。作者從李白一生的遊蹤，以四度時空的思維觀念，進而研討李白詩歌中的時空觀，由零度、一度到四度空間來進行其研究，這樣的論點切入模式，值得觀摩學習。

岑嘉州詩校注與評箋

林茂雄　　　　834 頁／18 開／NT$980 元

本書依據作者《岑嘉州詩校注》書摘修訂而成，全詩計分「校注與評箋」兩大部分。凡詩中有明顯訛誤者，均根據善本詳加校注，並將正確者，以（）示之。在評箋方面，將杜確「岑嘉州詩集序」及作者「感舊賦並序」及「招北客文」共計三篇作一注釋，列於書中供參，並作「岑參交遊考」，以資參考。

訂購方式

請洽萬卷樓圖書公司　宋小姐

電話　02-23216565 分機 10　　　電郵　L3216565@ms81.hinet.net

傳真　02-23944113　　　　　　　網址　www.wanjuan.com.tw